한국현대수필
100년
100인
선집

수필로 그리는 자화상 5

류인혜 수필선집

불러보고 싶은 이름

수필로 그리는 자화상 5

류인혜 수필선집

불러보고 싶은 이름

인쇄 | 2023년 10월 20일
발행 | 2023년 10월 23일

글쓴이 | 류인혜
펴낸이 | 장호병
펴낸곳 | 북랜드
　　　　06252 서울 강남구 강남대로 320, 황화빌딩 1108호
　　　　대표전화 (02)732-4574, (053)252-9114
　　　　팩시밀리 (02)734-4574, (053)252-9334
　　　　등록일 | 1999년 11월 11일
　　　　등록번호 | 제13-615호
　　　　홈페이지 | www.bookland.co.kr
　　　　이-메일 | bookland@hanmail.net

책임편집 | 김인옥
기　　획 | 전은경
교　　열 | 배성숙 서정랑

ISBN 979-11-7155-008-1 03810
ISBN 979-11-7155-009-8 05810 (E-book)

값 12,000원

불러보고 싶은 이름

류인혜 수필선집

북랜드

무심히 설 때

　선집을 준비하며 잊은 듯했던 수필들을 다시 읽는다. 덜 익은 생각이지만 맑은 마음으로 쓴 오래전 수필이다. 차츰 세월을 지나며 글들은 내공이 쌓여가는 모양이 선명하다. 오랜 글쓰기의 디딤돌이 되어 준 수필들이 정답다. 가장 기쁜 것은 글을 쓰는 당시의 생각과 현재의 가치관이 다르지 않다는 것이다. 많은 작품 중 눈길이 머무는 수필을 모았다. 마무리로 어머니처럼 다정했던 분을 기리는 수필, 〈수필가 주영준 선생〉을 넣는다. 이제 수필과 함께 살아온 내력이 어느 지점까지 정리되었다. 감사하다.

　수필을 쓰고 있던 40년 동안 정신의 기둥이 되어 준 몇 개의 단어를 찾았다.

사랑 - 내심에 〈그중의 제일은 사랑〉을 격언으로 심었다.

생명 - 살아있음은 모든 수필의 메시지다.

사람 - 사람을 떠나보내고 문학을 친구로 삼았다.

침묵 - 말하지 않음이 일상의 기본이 되었다.

기억 - 사소한 기억들은 큰 기쁨으로 수필에 스몄다.

특별한 선집을 기획하여 수필 문단에 또 하나의 이정표를 세우는 북랜드 장호병 대표와 책의 모양을 가다듬으며 수고해준 여러분께 감사한다.

2023년 좋은 날을 기억하며

류 인 혜

차례

■ 머리말 무심히 설 때

● 사랑

앞치마 12
하늘 16
서 있는 나무 20
등나무 반지 24
마음 접어들고 29
해후 32
벌집 이야기 36
아름다워라 42

● 생명

장 보고 국밥 먹고 48

보물지도 53

나무와 채송화 57

완전자동 버튼을 눌러놓고 62

사랑의 줄 66

생명의 근원 71

서늘한 기운이 돌거든 76

● 사람

아버지의 안경 82

할아버지 나무 87

회귀 91

옛날 영화 구경 96

블랙커피를 위하여 100

강력한 항생제 105

꽃과 같은 사람 109

● 침묵

걷는 연습 116

꽃보다 더 아름답게 120

정령들의 춤 127

식구 131

먹 번지다 135

천천히 걸어가는 길 140

퇴계원을 지나며 143

아버지들 이야기 147

● 기억

노래 부르기 152

뇌가 기억하는 아픔 156

씨앗 주머니를 간수하는 때 161

사랑하는 이유 164

소통의 한계 168

낯선 길에서 172

불러보고 싶은 이름 176

봄날의 풍경화 180

수필가 주영준 선생 185

■ 작가 연보 · 189

사랑

앞치마

작은고모님의 결혼 준비는 몇 달 동안 진행되었다. 사돈댁에서는 창호지를 붙인 상자에 예단을 넣어 소달구지에 실려 보냈다. 진기한 옷감과 많은 예물을 구경하기 위해 읍내 여인들이 몰려 왔다. 새로 나온 옷감이라는 무늬가 아름다운 나일론 천의 등장은 사람들의 호기심을 충족시켰다. 부산하던 구경꾼들이 사라지고 본격적으로 바느질이 시작되었다.

계절별로 한복은 물론 치마 속에 입는 여러 종류의 속옷까지 여러 벌 준비했다. 이름도 재미있는 고쟁이, 단속곳 등은 물론 버선과 앞치마까지 죽으로 만들었다. 높이 쌓이는 그 많은 옷을 다 입어 낼 수 있을까, 걱정되었다. 고모의 속바지는 오래 보관되었다가 내가 고등학교 청소복으로 입을 앞치마를 만들 때 사용되었다.

일이 많고 말도 많은 결혼 풍습에서 많이 개화된 내 결혼 때에는 그저 조그마해서 앙증맞은 앞치마 하나만 달랑 사서 챙겼다.

사랑

창문의 휘장같이 커다란 고모의 앞치마에 비하면 실로 장난감에 불과했지만, 그런대로 구색을 갖추었다고 자부했다. 그런데 그 자부심이 무참히 깨어져 버린 것은 결혼 후 처음 맞는 시아버님의 생신 때였다.

시댁에 내려가 예쁜 앞치마를 자랑스럽게 치마 위에 둘렀을 때 시어머님께서는 아래위를 훑어보시며 정말 가관이라는 표정이셨다. 주홍색 한복 치마를 손바닥만큼 가리운 앞치마를 두른 내 모습이 우스웠던 게 틀림없었다. 그날은 결혼해서 처음 맞는 행사이었기에 말없이 지나갔다.

몇 달 후 집안의 큰 제사 때에 내려간 나를 위하여 어머님께서는 고모의 커다란 앞치마와 똑같이 생긴 광목 앞치마를 준비해 두고 계셨다. 앞치마를 가져왔다는 말을 입 밖에도 내지 못하고 그것을 둘렀는데 거추장스러워 풀어 두었다가 일할 때만 급히 두르고 다시 벗어놓는 불편을 겪다가 더러워진 채로 두고 올라왔었다.

그 후부터 집안의 크고 작은 행사 때마다 어머님께서는 남편과 아이들을 앞세워 달려가는 나에게 항상 깨끗하게 삶아 빨아서 풀을 먹인 앞치마를 내어주셨다. 그럭저럭 앞치마에 익숙해져 급하면 아이들 손도 닦아주고 뒤집어서 그릇의 물기도 슬쩍 닦으며 편하게 쓰고 있을 무렵 동서가 시집을 왔다. 일손이 하나 더 늘자 어머님께서는 다른 앞치마를 꺼내 키가 작은 동서에게도 입히셨다.

동서는 윗부분을 몇 번 접어서 둘러 기다란 채로 두르던 나보다 훨씬 멋이 있어 보였다. 어머님과 나 그리고 동서 세 사람이 앞치마를 각기 두르고 일을 할 때면 동네 사람들이 "삼고부三姑婦가 손발이 척척 잘 맞아서 소도 잡겠다."라고 입을 모았다.

　제각기 성이 다른 세 여자가 연결될 수 있는 구체적인 계기란 집안의 전통적인 음식을 배우고 차려서 다른 이에게 대접한다는 공통의 책임감에서가 아니던가. 맡은 일을 해내는 소도구로서의 앞치마는 제각각 마련한 것이 아니라 시어머니란 권위자가 베풀었기에 우리는 보기 좋은 삼각형을 만들 수 있었다는 생각이 들었다.

　어머님의 앞치마가 마지막으로 쓰인 것은 시아버님의 장례식 때였다. 병원에서 집으로 모셔 온 그날 저녁부터 들이닥치는 손님들로 많은 일거리에 묻히게 되었는데, 오일장을 치르는 동안 슬피 우는 일과 음식을 만들어 대접하는 두 가지 일 속에서 가장 크게 도움을 준 것이 바로 그 앞치마였다.

　상주라고 계속 슬퍼만 한다면야 손수건만 챙기면 되겠지만 서럽게 울다가도 언제 울었느냐는 듯 시침을 떼고 밥을 짓고 나물을 장만해야 하는 형편이었으니, 앞치마는 눈물을 닦기도 하고 행주로도 쓰이고 치마가 흘러내리지 않게 허리에서 받쳐주는 역할도 해주었다.

　처음 겪어내는 큰일을 치르면서 육체적으로나 정신적으로 흔들리며 기진해 갈 때 신기하게도 많은 의지가 되던 앞치마였다. 더러워진 채 벗어놓고 오면 언제나 뒤처리를 해주시던 어머님의 기력이 쇠진해진 후로는 앞치마를 입지 않았다.

앞자락을 충분히 덮는 앞치마에 온갖 애환을 닦아내며 살아왔을 여인네들의 노력이 이제는 막을 내린 시대가 온 것이다. 예쁜 색깔과 다양한 모양으로 만들어진 요즘의 앞치마에서는 고된 생활의 냄새를 맡을 수 없다. 가정의 구심점이 희미해져 버린 것이 아닌지.

그런데 나는 앞으로 맞이할 며느리를 위해서 어떤 앞치마를 만들어 두어야 할까? 흰 광목으로 커다란 휘장 같은 앞치마를 만들어 두면 예쁜 며느리가 들어와서 반갑게 입어주기라도 할는지, 그래서 마주 보며 신뢰의 미소를 나눌 수 있을지 궁금하다. (1981년)

하늘

어느 해 겨울 고향에 내려갔을 때의 일이다. 오랜만에 보는 정겨운 풍경에 끌리어 발이 시린 줄 모르고 읍내를 돌아다녔다. 문득 어릴 적 많은 웃음을 남겨둔 초등학교가 생각나 그곳으로 갔었다.

운동장을 거닐다가 따뜻한 햇볕이 쬐는 교사 담벼락에 기대어 하늘을 보았다. 구름 한 점 없는 겨울 하늘이 시리도록 푸른빛이다. 슬쩍 건드리기만 해도 쨍하니 갈라질 듯한 차가움에 잠시 넋을 잃었다. 저렇게 깨끗하고 냉정한 여자가 될 수 있다면….

오래전 읍내 사람들이 버스를 전세 내어 청송의 주왕산으로 갔었다. 유명한 달기 약수를 마시고 그 물로 닭을 고아 먹었다. 주왕산의 어느 폭포 앞을 흐르던 투명하리만큼 맑았던 물의 기억과 함께 그날의 겨울 하늘은 오래도록 마음에 남아 때때로 감동을 주었다.

사랑

서울에 다시 올라왔던 시절, 혼자서 시내 구경을 잘 다녔다. 버스로 시청 앞에 내려 거슬러 올라가는 광화문까지의 길은 가로수가 좋았고 그때는 지하도가 없어서 걸어 다니기도 편했다. 광화문 앞에 서서 세종로를 바라보았다. 그곳의 확 트인 하늘은 크게 소리를 지르고 싶을 정도로 시원스러워 자주 찾아가 하늘 구경을 했었다. 몇 년 후에는 정부종합청사가 들어서 오른편의 시야를 막아 참 섭섭했던 기억이 난다.

하늘 구경은 그 당시 나의 유일한 즐거움이었다. 아직 마음을 터놓고 얘기를 나눌 친구가 생기지 않았을 때라 하늘은 마음속 독백을 받아줄 친구가 되었고, 드넓은 공간은 마음을 부드럽고 한가롭게 다듬어주었다.

하늘은 또 볼 때마다 다른 색감으로 여린 감성을 흔들었다. 무덥고 습기 찬 여름에는 매력 없는 고동색의 느낌을 주었고, 금방 눈이 내릴 듯한 겨울 하늘은 회색빛으로 우울하면서도 미묘한 설렘을 주었다. 저녁놀이 붉게 번진 하늘을 보며 그 빛의 찬란함에 가슴이 뛰었다. 또 새벽하늘의 무상한 변화는 내가 프리즘의 세계에 들어있는 듯한 신비로움을 안겨 주었다.

하늘은 언제나 신선한 의식을 갖고 여명을 기다리는 듯 인생을 깨끗하게 바라볼 수 있도록 도와주었다. 오랫동안 변함없는 친구가 되었다.

그때 '창 모서리마다 가득한 하늘'이라는 글을 편지마다 썼다. 나중까지도 그 짧은 문장이 내가 살고 싶은 집의 기본형이 되어 집을 옮길 때마다 여기에서는 하늘이 얼마나 많이 보일까가 중요한 조건이 되었다. 어려웠던 시절, 한 조각의 하늘도 구경할 수 없는 어두어둑한 집에서 2년을 넘게 살고 나자 하늘과 햇살이 그리워 안달이 날 지경이었다.

조금의 여유가 생기자 하늘 속에 움푹 들어박힌 이층집으로 이사했다. 그곳에서 오래 살자 된장, 고추장이 꺼덕꺼덕 마르고 색깔이 변했지만, 하늘 구경은 원 없이 잘했다. 그래선지 보고 있는지 안 보이는지 하늘에 무심해져 버렸다.

생활의 반경이 넓어지자 점점 바빠졌다. 늘 힘에 겹고 지쳐있던 어느 날 내가 하늘 구경을 잊어버렸다는 생각이 머리를 스쳤다. 좋은 친구를 인사도 없이 떠나보낸 부끄러움과 후회가 엉켜서 마음이 아팠다.

이제부터 다시 하늘을 보며 여유를 가지자. 마음을 다져 먹고 창틀에다 팔을 얹고 턱을 그 위에 얹어서 하늘을 보았다. 아무런 느낌이 없었다. 다만 물리적인 하늘, 하늘 천天, 구름 운雲, 그것만이 그곳에 있을 뿐이었다. 하늘은 삭막해진 내 마음이 가닿을 수 없는 먼 곳에 그냥 무심히 있었다. 모든 감정이 버석거리며 부서져 버리는 쓸쓸함으로 눈을 거두었다.

내 마음이 어떤지 상관없이 하늘은 굳게 입을 다물었다. 한동안 하늘과 화해하기 위해서 온갖 궁리를 다 했다. 답답함으로 서성이었다.

고향 하늘이 생각났다. 그 시리도록 푸른 하늘빛이 선명하게 떠오르자 마음이 옴지락거렸다. 비로소 하늘이 내게 준 여러 의미를 알아챘다.

보고 싶어도 볼 수 없는 것이 많았던 시절에 친구로 가까웠던 하늘이 아닌가. 하늘에 계신 분을 잊고 있었다. 침묵한 채 가만히 기다리고 있는 그 깊은 마음을 잊었다.

하늘은 봐야 할 것과 보지 않아도 될 것을 구별하는 법을 가르쳐주고 있었다. 항상 가까운 곳에 있으며 언제나 따뜻한 마음을 갖고 이웃을 아끼고 바라볼 때, 하늘과 같은 존재로 살아갈 수 있지 않을까, 욕심을 부려본다. (1982년)

서 있는 나무

　암사동 선사유적지로 오동나무를 보러 간다. 며칠 동안 오락가락하는 비로 허공에 흩어진 생각들이 오동나무로 향하니 나도 따라서 걷는다. 유적지로 가는 넓은 길에는 인적이 없어 스산한 바람만 지나다니고 있다. 그곳에 무엇이건 나를 기다리고 있겠지 하는 기대는 움직이지 않고 서 있는 나무에 대한 신뢰이다. 언제나 원하기만 하면 만날 수 있는 고마운 실체다. 아무 때나 가도 싫어하지 않고 반겨 준다.

　오동나무가 저기 있구나 하는 순간 비가 후드득 쏟아졌다. 갑자기 거센 바람과 함께 굵은 빗방울이 뿌려져 우산을 펼칠 사이도 없어 공중전화 부스로 뛰어들었다.

　바람에 흩날리는 빗속에 묵묵히 서 있는 오동나무의 밑둥치를 보았다. 몸을 드러내놓고 고스란히 비를 맞고 있는 나무가 측은해 보인다. 마음의 움직임이 아무리 비감할지라도 나무에는 들키지 않을 것이란 생각은 완전한 착오였다. 나무와 사람이 함께 젖어 유리 밖의 풍경이 흐릿하게 뒤엉켜 가라앉는다.

시간이 얼마나 흘렀을까…. 눈앞의 마음이 닿는 사물을 멀찍이 바라보는 거리감이 싫어서 빗살이 뜸해지자 나무에 다가갔다. 넓은 나뭇잎에 닿는 빗소리가 무수한 속삭임처럼 여겨진다. 잎사귀 하나가 떨어지며 날린다.

오동나무는 꿈속의 나무이었다. 조지훈의 「승무」를 배울 때 시에 도취하여 오동잎 사이로 지는 달이 되고 싶었다. 아니 홀로 적막하게 서 있는 오동나무가 되고 싶기도 하고, 하다못해 하얀 고깔을 쓰고 승무를 추는 이가 부럽기까지 했다. 한 번도 보지 못하다가 이곳 암사동으로 와서야 무더기로 모여 있는 오동나무를 만났다.

어느 봄날 동네를 산책하다 보랏빛 꽃등이 무수한 나무를 보았다. 수십 그루가 어울려 꽃을 피우니 그 광경이 현실로 믿어지지 않을 만큼 장관이었다. 그것이 오동나무란 것을 알아채자 현기증이 일었다. 지금까지 만나고 싶다는 간절함을 키워온 만큼 충격이었으며 한편으로는 말할 수 없이 즐거웠다. 수시로 만나러 다녔다.

원래 그곳이 넓은 오동나무밭이었다. 그런데 조금씩 나무는 사라졌고 어느 틈에 모두 베어져 그루터기만 남게 되었다. 목재소를 운영하던 주인이 그곳을 팔았다. 아쉬움이 컸지만 만개한 꽃을 보여주었던 그 봄날의 추억으로 섭섭한 마음을 다잡았다. 지금은 유적지 안과 입구에 몇 그루쯤이 모여 나무 밑에 놓인 통나무 의자 위로 그늘을 드리워주고 있다.

4월 하순부터 피기 시작하는 꽃 무리는 5월이 되면 마치 나무에 매달아 놓은 꽃등처럼 보인다. 꽃잎은 약간 도톰하여 은은한 향기가 오래간다. 떨어진 것을 주워 주머니에 넣어두면 움직일 때마다 스치는 듯 좋은 냄새를 풍긴다. 꽃향기로 인해 나무에 대한 친밀감의 농도가 더 짙어진다. 멀찍이서 바라보면 환하게 미소를 짓는다기보다 보랏빛 우울을 안겨주는 비애의 꽃으로 다가온다. 계절이 깊어지면 꽃봉오리 자리마다 생긴 조그마한 열매의 푸른 기운이 누렇게 변하면서 가지 끝마다 가을이 뭉클 솟아오른다.

어떤 일에 대한 구체적인 결론이 필요하여 생각이 많아지면 혼자 조용히 있고 싶다. 집을 떠나 이렇게 한적한 곳으로 와서 서성인다. 생각이 깊으면 사유思惟의 그늘도 깊어진다. 그것에 흠씬 젖어 오직 홀로라는 자각이 뚜렷해질 때 서 있는 자리를 깨달아 존재의 의미를 터득할 수 있게 되나 보았다. 그렇기에 어느 하루 일부러 시간을 내어 지금의 내가 어떤 모습으로 어느 곳을 향해 걸어가는가를 가늠해보기도 한다. 삶에 대한 신뢰와 용기를 얻을 수 있는 시간이 되는 것이다.

한결같이 묵묵히 서 있는 나무에 대한 편안함이 그곳으로 달려오게 하는가 보다. 집에서 입는 차림 그대로 슬리퍼를 가볍게 끌며 걸어가 오동나무 곁에 앉는다.

유적지 안은 아직 조경공사 중이라서 어수선하다. 정비되기 전에는 작은 나무들과 온갖 잡초들이 주변에서 함께 자랐는데 이제는 오동나무가 제대로 숨을 쉴 수 있을까 싶은 만큼 밑둥치 가까이 시멘트가 덮여 있다.

무성한 잡초들을 보노라면 옛날 언젠가 살았던 곳으로 돌아온 느낌이다. 내가 일상을 떠나 경이로움으로 만나는 신선한 그리움과 그것에 묻혀 따라오는 지나간 세월의 온갖 기미가 이곳에서 스며 나와 전신으로 젖는다.

비에 젖은 오동나무는 어디론가 떠나는 나그네의 심성을 닮고 있다. 바람을 머금고 뿌려지는 하염없는 빗줄기를 바라보는 이의 마음속에 무수히 그려지는 그리움의 날개, 오동을 심어 그 날개 같은 넓은 잎에 내리는 빗소리를 그윽한 정취로 벗 삼은 이들의 마음의 깊이를 내 어찌 다 알아낼 수 있을까….

계절이 지나간다. 잎이 떨어진 빈 가지 사이로 떠오르는 달을 생각한다. 차갑게 번뜩이는 달빛 아래 선 오동을 닮아 더욱 적막하고 비감한 모습으로 나도 세상 위에 우뚝 선다. (1989년)

등나무 반지

　민영이가 드디어 입을 열었다. 영아원 마당으로 들어서자 소리쳐 부르면 달려와 다리를 감쌌다. 얼마나 신기하고 반가웠던지 나도 모르게 덥석 안았다. 만난 지 일 년 만이다. 좀처럼 얼굴이 펴지지 않는데 이렇게 솔직히 마음을 표현하는 일은 처음이다.

　세 살짜리는 뒤뚱거리는 걸음으로 놀던 곳으로 되돌아가다가 돌아서서 웃어준다. 활짝 피어나는 얼굴에 내 마음은 고무풍선이 되었다. 입이 흉하게 벌어지지만, 표정은 평화롭다. 윗입술이 갈라져 우유병을 잘 빨지 못해서 그랬는지 투정이 심했다. 자주 앓고 대소변을 못 가려 이쁜 구석이라고는 한 군데도 없는 아이다. 그런데 보모들은 누구나 그에게 특별한 관심으로 돌봄이 각별했고 나도 이상스럽게 마음이 끌려 영아원에 갈 때마다 민영이를 찾았다. 아무 반응이 없는 아이에게 마음을 주고 있는 게 맥빠지는 일이었지만 시간이 흐르면서 경계심을 풀고 잠깐씩 표정이 부드러워지곤 했다.

　이곳 영아원과 인연을 맺은 것은 보모들과 일주일에 한 번씩 예배를 드리게 되어서다. 처음에는 생소한 환경에서 각자 커다란 사연을 안고 자라는 아이들을 보고 당황했다. 수시로 눈앞에 와서 어른거리는 모습에 그들의 과거와 현재, 미래가 뒤엉켜 늘 가슴이 답답했다.

　또 부모들의 무지한 마음과 정신, 사회의 모든 어두운 그늘과 우리네의 깊이 뿌리박힌 자손에 대한 편견들이 새삼스럽게 큰 문제로 다가왔다.

　국내외 입양을 기다리며 잘 지내고 있지만 수용하고 있는 단체에 대한 이상한 눈초리가 아이들에게 영향이 가는 듯해 속이 상할 때도 있었다.

　아이들이 그곳으로 오게 되는 원인은 여러 가지가 있지만, 부모에게 버림을 받았다는 결과는 마찬가지다. 아이를 포기해야 자신의 삶이 바로 설 수 있다는 미혼모의 경우나, 부모가 함께 세상을 떠나버린 아이는 그래도 괜찮은 상황이다.

　고속버스터미널에 버려져 오게 된 남자아이는 한 달 동안을 거의 먹지도 울지도 못하는 멍한 아이가 되었다. 계속 설사를 했다. 커다란 귀가 잘생겨서 만져주자 고개를 기울여 가만히 대고 있었다. 부드러운 살결의 감촉이 마음으로 전해질 때쯤 "잘 있어." 하며 손을 떼자 자지러지게 울어버리는 게 아닌가. 며칠 동안 쟁쟁한 울음소리가 귓전에 맴돌았다. 어디서 무엇을 하든지 그 소리가 따라다녀 결국에는 기도실 바닥에 무릎을 꿇고 머리를 묻어 버렸다.

나는 아무런 힘도, 나누어 줄 사랑도 없는 연약한 인간일 뿐이다. 그런데 아이들은 자주 대하는 나를 만지고, 얘기를 걸어주고, 함께 놀아준다.

딛고 서 있는 영아원 마당의 흙은 부드럽다. 아이들은 마당 곳곳에 흩어져 제각기 놀고 있다. 우두커니 서서 그들의 모습을 본다. 아이들의 작은 발자국이 쉴 새 없이 찍혀 흙마저 그들의 심성을 닮아가나 보다. 흙으로 소꿉장난을 하고 발자국 내는 놀이를 하며 온통 흙으로 뒤범벅이 되는 아이들, 그들의 손은 따뜻하다.

자기들 곁에서 일고 있는 바람의 정체를 모른다. 내가 어떻게 그들의 손을 일일이 잡아 줄 수 있으며, 튼튼한 바람막이가 되어 줄 수 있겠나.

지난여름 어느 날, 모처럼 시간이 나서 아이들이 궁금해 영아원으로 갔다. 세발자전거 밀어주고 그네도 밀어주고, 발바닥 그리는 아이에게 발도 내어주었다. 한 아이가 내 손가락 굵기를 재어가더니 반지를 만들어 와서 끼워주었다. 그러자 너도나도 등나무 잎사귀를 훑아 내어 기다란 줄기로 반지를 만들어 순식간에 열 손가락이 모두 등나무 반지로 끼워졌다. 손가락이 모자라자 한 번도 해 보지 못한 팔찌까지 만들어 주어 나는 세상에서 가장 행복한 공주 가 되었고 또 왕후가 되었다.

그들의 순박한 사랑은 햇살에 반짝이는 보석으로 눈앞에서 일 렁이었다. 그 반지들은 말라서 모양이 이상해진 채 아직도 서랍 깊숙이 간직되어 눈에 뜨일 때마다 가슴이 더워지곤 한다. 그리고 이제 무뚝뚝하던 민영이까지 관심을 보여 나를 소리쳐 부르며 웃 는다.

민영이는 양부모가 정해져 있다. 그들이 데리고 가면 수술을 시 켜 민영이의 입술이 정상으로 될 터이고 미국의 낯선 환경에서도 아이는 아름답게 성장할 것이다.

얼마 전 우리 아이들을 외국에 입양 보내는 문제로 텔레비전에 서 특집을 만들었다. 지금까지 속수무책으로 남의 나라로 가는 아 이들을 바라보고만 있었다. 아무도 그 애들의 앞날에 대해서, 눈 빛이 다르고 언어가 다른 양부모보다 관심을 두지 않았다. 그래서 어쩔 수 없이 자신이 누군지도 모르고 이국에서 살아야 하는 영혼 들을 버려두었다가 이제야 불에 덴 듯 놀라서 혀를 차고 있다. '고 아 수출국'이라는 말에 자존심이 상해서 야단들이다. 그러나 구체 적으로 무엇을 어떻게 해야 하는지 생각하려고는 않는다. 강 건너 불구경하다.

스웨덴의 어느 가정에 입양되었다가 미혼모로 어린 딸과 사는 '수잔 브링크'의 이야기가 남의 일 같지 않던 아픔이 민영이의 앞날에 대한 커다란 조바심으로 번진다. 수잔은 자기의 마음속에 있는 한국 사람이란 씨앗이 한국의 풍습과 언어 속에서만 싹을 틔울 수 있다고 했다. 내가 누구인가를 애타게 찾아 헤매던 그는 이제 어머니를 찾았다. 서로 말이 통하지 않으면서도 딸을 떠나보낸 어머니의 한恨과 사랑을 이해하게 되었다. 다른 입양아들은 어떻게 자기의 뿌리를 찾아 한국 사람이라는 정체성을 자각할 수 있을까.

예배를 끝내고 나오며 마당에 모여 있는 아이들 틈으로 민영이를 찾았다. 눈이 마주치자 활짝 웃는다. 갈라진 입술 사이로 하얀 이빨이 비죽 드러난다. 입양되어 미국으로 가는 민영이는 기억할까, 영아원 마당의 부드러운 흙을, 그것이 조국의 가난하고 무지했던 어머니의 품속이었다고 기억해줄까. 아니, 다 그만두고 영아원의 커다란 미루나무와 잎이 휘늘어진 버드나무 밑에서 타고 놀던 그네와 보라색 꽃술을 늘어뜨리던 등나무들을 오래 기억했으면 좋겠다.

믿고 싶다. 아이는 나의 뛰는 심장이 전해주는 애틋함을 기억할 것이다. 또 핏줄 속에서 꿈틀거리고 있는 조그마한 씨앗이 결국에는 뿌리를 내릴 그리운 땅을 향해 눈길을 돌릴 것이라는 사실을 믿고 있을 것이다. (1990년)

사랑

마음 접어들고

 높은 곳에 올라가고 싶다. 그곳에서 따뜻한 차 한 잔 마시고 싶다. 지난겨울부터 떠오른 생각이다. 한동안 생각 자체에만 사로잡혀 심란해 있었다. 높은 곳에 대한 기대가 무엇인지 전혀 잡히지 않는 터라 행동으로 쉽게 옮겨지지 못한다. 아무 일도 없는데 차를 마시자고 높은 곳으로 찾아 올라가는 것은 번거롭다. 아무나 쉽게 그런 여유를 나누어 주지 못한다. 장소가 어디든지 어느 때라고 원하면 마주 앉을 수 있는 사람이 간절해진다. 혼자서 처리하지 못할 일을 벌여놓은 듯 난감하고 괜히 섭섭해지기까지 한다. 그런데 이사를 하고 난 후 조금 해결되었다.

 새로 온 집은 5층이다. 창문을 열면 훤히 내려보인다. 원하는 만큼의 높이는 아니지만, 반쪽 소원은 이룬 셈이다. 창 앞의 여자가 되어 자주 내려보고 서 있다. 지나다니는 사람들의 몸에서 다리가 불쑥 나가고 팔이 앞뒤로 흔들리는 모습이 재미있다. 나무도 보이고 채소밭도 보인다. 자동차도 윗부분이 더 많이 보이고 지나가는 개의 걷는 모양도 신기하다.

지금까지와는 전혀 다른 방향에서 사물을 보고 있노라니 새로운 형태가 흥미롭다. 언제나 똑같은 모습으로 주입된 것들에 대한 편견을 깨뜨릴 좋은 기회다.

문득, 법정 스님의 「거꾸로 보기」라는 글이 생각나서 책을 찾아 읽는다.

"바로 보면 굴곡이 심한 산의 능선이 거꾸로 보니 훨씬 유장하게 보였다. 그리고 숲의 빛깔은 원색이 낱낱이 분해되어 멀고 가까움이 선명하게 드러나 얼마나 아름다운지 몰랐다. 나는 하도 신기해서 일어서서 바로 보다가 다시 거꾸로 보기를 되풀이했다."

보이는 것이 유장하고 아름답다는 표현에 언젠가는 산을 거꾸로 바라보고 싶은 충동을 일게 한다.

나직한 초가에서 자라난 사람들이 이제는 고층아파트를 선호한다. 사는 높이가 생각의 높이를 좌우하는지 보이는 것에 대한 견해가 다양하다. 높이에 따라 바람 소리마저 다르게 들리니 지니는 감성 또한 다른 것은 당연하다.

사람들은 나란히 서서 같은 각도로 보이는 것에 공감한다. 보는 위치와 보는 이의 마음에 따라 사물의 모양과 성격이 결정된다. 보이지 않은 부분에 관한 생각도 사람마다 달라서 자기 생각과 어긋날 때는 쉽게 받아들이지 못한다. 지닌 습관과 인식에 대한 수정은

사랑

어떤 모양으로든 자리를 찾아 안주해 있는 이들에겐 일종의 귀찮음이다. 이기적인 현대인의 실상이다.

생각이 고정되기 전에 잘 보는 법을 배워야 하고 새로운 상황이나 사물을 접할 때 본질을 정확히 이해하기 위해서는 생각이 자유로워야 한다.

그런 여유를 갖고 있다고 자부하며 지냈는데 어느 날 생각의 각도가 일반적인 기준에서 많이 달라져 있다는 것을 깨달았다. 새삼스럽게 다른 이들은 무슨 생각을 하며 어떻게 살아가는지 궁금해졌다. 그들의 사는 모습을 구경하고 싶고 내 생각이 어디쯤 머물러 있나, 알고 싶어졌다.

우리의 모습을 내려다보는 이는 얼마나 답답할까. 너무 가관이라서 가끔 한숨을 내쉬는 것이 천둥인가 보다. 그래서 사람들은 번개가 치고 천둥이 울리면 두려워한다.

하늘에 더 가까이 가서 우주에서 가장 힘센 그분을 만나서 차 한잔 나누고 싶어졌을까…, 이리저리 흩어진 마음을 따라가기 힘이 들어 한 자락씩 모아 잡는다. 엉켜가던 생각도 조금씩 접힌다. 들어앉은 마음이 무거워 쩔쩔맨다. (1991년)

해후

　시벨리우스의 교향곡 5번과 교향시 〈핀란디아〉를 되풀이해서 점심때까지 들었다. 다음에 파가니니와 라흐마니노프의 곡을 듣고 있다가 문득 하늘을 보니 눅눅한 저녁 공기가 떠돌고 있다. 참으로 편안하게 보낸 하루다. 좋은 친구를 만나 깊은 마음을 나누고 난 느낌이다.

　맨 처음 접했던 고전음악은 베토벤의 〈전원교향곡〉이다. 중학교 체육 시간에 비가 내려 운동장을 쓸 수 없게 되자 선생께서 기분을 내셨다. 비슷한 시기에 차이콥스키의 〈1812년 서곡〉을 들을 수 있었다. 큰집 오빠가 들려준 곡인데 그분이 하늘로 가버린 후에는 듣지 않게 되었다. 그때는 누구의 무슨 곡이 유명하니 들어봐야 한다는 얘기만 귀동냥으로 들었다.

　서울로 와서야 본격적으로 음악을 듣기 시작했다. 밤낮과 장소를 가리지 않고 듣고 또 들어 몸의 어느 곳을 건드려도 음표가 주르르 쏟아질 듯 되었다. 작곡가 음악 선생께서 음악실을 개방해서 많은 곡을 들려주셨기에 크게 도움이 되었다.

　독일 유학에서 돌아오셨던 그해 겨울, 선생께서 라디오 음악프로를 진행하시며 우리의 두 번째 시화전을 축하해 주기 위해서 누구의 것인지 첼로 곡을 내보내 주셨다. 특별한 감성의 바탕에 곱게 그려지는 첼로의 무겁고 우울한 선율이 마음을 한없이 가라앉게 해주었다.

　먼 곳에서부터 천천히 흔들려오는 영혼의 완벽한 떨림, 그 여운은 오래도록 남았다. 음률이 주는 아름다움이 도리어 아픔으로 다가오자 마음을 닫게 되었다. 이미 내면에 들어온 음악만으로도 평생을 지낼 수 있다고 생각했다. 그러나 수시로 솟아오르는 음악에 대한 그리움은 심각하여 이따금 열병처럼 깊이 앓았다. 극에서 극으로 치닫는 감정들에서 자유로워야 한다고 여겼다.

　많은 세월이 흐른 어느 해 생일, 큰아이가 공교롭게도 베토벤의 〈전원〉을 선물해 주었다. 그 곡에 대한 추억이 되살아났다. 전혀 고전음악에 대해서 아는 바가 없었던 천진했던 시절, 유명한 곡이라니 잘 들어보려고 몰두하던 순수함이 되살아나 그때가 그리워졌다. 그것은 새롭게 시작하라는 신호였다. 묵은 상처를 건드릴까 조심을 하면서 조금씩 듣기 시작했다. 음악의 도도함에 동참할 수 있을까, 어떤 감정의 휘몰아침도 담담히 견딜 수 있는 건강한 마음이 될 수 있을까 두려웠다. 조심만 하면서 또 몇 해가 흘러갔다.

그런데 오늘, 온종일 좋아하던 곡들과 함께 지내게 된 것이다. 깊은 감동으로 감미롭게 편안하게… 자축할 일이다, 여겨 큰 머그잔 가득 커피를 만들었다. 잠깐 딴청을 부리다가 커피를 찾으니 잔을 어디 두었는지, 보이지 않는다. 음악 때문에 정신이 나갔나 보다. 집 안을 서성이다가 낡은 노트에 눈이 갔다. 한창 음악을 듣던 시절에 쓰던 검정비닐 표지의 두꺼운 노트, 시와 음악과 미술, 연극에 대한 메모들이 적힌 것이다.

거기에서 좋은 친구였던 시벨리우스를 만났다. 얼마나 다정한 이름인가. 편안함의 정체를 비로소 깨달았다. 무심히 음률을 따라가면서도 의식하지 못했던 사실, 너무 잘 알아 오랜만에 만나도 어제 헤어진 듯한 익숙함이 주는 너그러움. 누구의 음악을 좋아하세요, 물으면 당연히 시벨리우스라고 대답했다.

물론 그의 곡만 편애한 것은 아니다. 사강의 소설을 읽고 한동안 브람스를 따라다녔으며, 어느 때는 오페라 아리아에 심취되어 대한음악사에서 가곡해설 전집을 사기도 했다. 또 바흐, 베토벤, 스트라빈스키의 매력을 무시할 수 없었지만 어떻게 되었든 결론은 시벨리우스였다.

노트 중간쯤에서 눈에 뜨이는 대목 ―그의 음악은 반항의 미학이다. 베토벤이 주관적인 자아 속에서 반항했다면 그는 외세, 즉 객관적인 것에 반항했다. 자신의 양심에 따라 자유인이 되기 위해 노

사랑

력했다. 사람이 양심을 따라가는 생활은 그만큼 내면의 순수함을 지니고 있다는 것이다. 그는 억압된 조국 핀란드의 자유를 되찾기 위한 정신적 조건을 구축하기 위해 작품을 썼다. 감상적인 예술가의 감정을 불타는 애국심으로 지향해 건강한 저항운동을 했다.- 음악적 저항주의, 이것이 내가 시벨리우스를 좋아한 이유다.

그의 음악적인 성공은 개인을 버리고 조국이란 커다란 집단에 대한 애정을 극대화했기 때문이다. 사람들에게 가장 친근하게 접근되어 있었던 소재들, 핀란드의 역사와 자연과 민족성 그리고 신화까지도 중요한 모티브로 음악에 도입했다. 스웨덴과 러시아의 폭정에 오랫동안 지배당해 온 민족의 깊은 우수가 가장 지성적인 음률로 표현되어 그 민족의 자존심을 지탱해 주었다. 시벨리우스를 국민음악파의 거장이라고 하는 이유이다.

그의 음악이 주는 편안함으로 인하여 젊은 시절의 혼란스러움이 많이 안정되었다. 특히 즐겨들었던 곡은 〈핀란디아〉이다. 도입부의 비장하면서도 환상적인 분위기는 종교적 예시를 품어 지친 영혼을 다독여 주었다.

이제 다시 음악을 통해 그동안 잠들어 있었던 정신의 활기를 예감한다. 다정한 친구를 만나 폭넓은 예지를 감지할 귀의 열림이 반갑다. (1992년)

벌집 이야기

베란다 왼쪽 벽 높이 못 하나가 튀어나와 있다. 그 끝에 집 짓는 공사가 한창이다. 창문으로 들락거리며 자재를 나르고 있는 것은 허리가 잘록한 말벌들이다. 물어온 것들을 이어서 작은 육각형을 하나씩 늘리고 있다. 벌의 날갯짓 소리가 공사장의 레미콘 돌아가는 듯하다.

처음 발견했을 때는 새끼손가락 크기였는데 지금은 다섯 손가락을 활짝 벌려서 부챗살을 만든 모양만큼 지어 놓았다. 작은 베레모 꼭지를 손가락으로 가볍게 들어 달아놓은 형상이다.

평소에는 뒤꿈치를 들고 고개를 내밀어 안부를 물었는데, 어제는 다른 방향에서 보았다. 잠깐 쉰다면 바람 잘 들어오는 곳에 머리를 뉘었더니 벌집 밑바닥이 똑바로 보였다.

아하! 일어났다가 다시 누웠다. 첫눈에 들어오는 느낌이 너무 강해서 한 번 더 보고 싶었다. 정확하게 육각형이다. 이제까지는 옆 모습만 보고 육각형이구나 짐작만 했다. 가장자리를 돌아가며 서너 줄 비워놓고 자로 재어 그린 듯 흰 덮개가 보인다. 짙은 회색 바탕에 육각을 이루고 있는 흰 선의 선명함이 아름답다. 유충이 번데기가 되어 잠자고 있는 방이다. 혼자 보기가 아까워서 작은아이를 불러다 옆에 뉘었다. 모자가 흡족한 마음으로 나란히 누워 벌집 구경을 한다.

처음 벌집을 발견한 사람이 작은아이다. 봄이 시작된 어느 날 베란다로 나가려다 말고 뛰어 들어왔다. 커다란 덩치에 어울리지 않게 덤벙거려 무엇인가 했더니 벌 한 마리가 윙윙거렸다. 무심히 넘겼는데 며칠 지나자 벌이 집을 지어가고 있었다.

그 벌집을 두고 의견이 분분했다.

- 조그마할 때 헐어버리자. 커지면 위험하다.

- 그냥 두자. 우리 집이 터가 좋은가 보다.

- 곤충이 집을 짓는다는 것은 자연과 가장 가까운 상태임을 뜻한다. 무공해 지역이다.

- 터가 좋으면 제비가 와서 집을 짓는 거지, 벌이 사람 사는 터를 가린다는 얘기는 금시초문이다.

- 쏘이면 어쩌지.

- 벌은 먼저 건드리지 않으면 괜찮다.

그러면서도 식구마다 깊은 관심을 가지고 내다본다. 벌이 어떻게 집을 지어 가는가, 흥미 있는 관심거리가 되었다. 아무래도 벌에 대해서 알아야겠다고 백과사전을 뒤적여 보았다.

지난가을에 수정된 알을 여왕벌이 체내에 지니고 있다가 봄에 집을 지어 산란하게 된다. 처음에는 직접 집을 짓고 유충 기르는 일을 하지만 알이 부화하여 모두 일벌로 자라나게 되면 여왕벌은 산란만 한다. 알에서 성충이 되기까지 약 4주간이 걸린다. 먹이가 많은 여름이 되면 수정이 되지 않는 알을 낳는데 그것이 수벌로 자란다.

늦은 가을 몇 마리의 여왕벌이 새로 나타난다. 맑은 날 공중에서 수벌과 혼인을 한다. 수정된 알을 지닌 채 여왕벌은 월동할 장소를 찾아 떠난다. 살던 집을 파괴하고 남아있는 유충들은 일벌이 물어다 버린다.

우리 집에 함께 사는 여왕벌이 부지런하여 날마다 식구 수를 늘리자 문득 자양동 살 때 뒷방 식구들이 생각났다. 그들이 이사 오던 날 내다보니 여자아이만 세 명이었다. 이층에 사는 주인 여자가 내려다보며 소리쳤다. "아이가 둘뿐이라더니 셋이네." 키가 작고 단단하게 생긴 뒷방 남자는 대수롭잖게 말했다. "둘이나 셋이나요."

그다음 날 그는 퇴근길에 유치원에 다니는 우리 큰애만 한 남자아이를 데리고 왔다. 셋째를 살던 집에 맡겨 놓았단다. 얼마나 울었는지 얼굴이 엉망이 되어 있었다. 뒷방 여자는 어미를 보자 심술이 나서 팔딱거리는 아이를 한참 동안 부둥켜안고 있었다. 주인 여자는 입을 벌린 채 말없이 모자를 바라보았다. 네 명의 아이들은 생각보다 조용했다. 그들의 어울림은 뭔가 부족한 느낌으로 어색했다. 말없이 주변 눈치만 살폈다.

며칠 후 남자아이가 또 나타났다. 얼굴이 까만 까까머리는 내가 쳐다보자 씩 웃었다. 시골 할머니네 갔었어요. 학교를 일주일이나 빼먹었네요. 그 애는 초등학교 2학년이었다.

그제야 질서가 잡혔다. 둘째와 셋째 둘만 빠졌다가 제자리로 들어온 것이다. 둘째가 나타나자 아이들은 돌연 생기를 찾았다. 그 중에서도 두 명의 사내아이는 뜻이 잘 맞았다. 다섯 아이가 한꺼번에 몰려다니는 것만으로도 집안이 부산스러웠다. 우리 두 아이와 옆집의 세 아이까지 어울렸다.

친정살이하다가 마흔이 넘어서야 집을 장만하여 애지중지하는 주인 여자는 병이 날 지경이었다. 그보다 셋방에서 내쳐질까 전전긍긍하는 뒷방 여자가 더 안쓰러웠다. 아이 다섯을 데리고 또 어디로 가야 할지 막막하다고 했다. 사실 남의집살이에 많은 자식은 지장이 많다. 그때 다섯 살 일곱 살의 사내아이를 데리고 전세방을 구하는 우리에게도 주인은 선뜻 방을 내어주려고 하지 않았다.

뒷방 아이들은 새끼 벌처럼 각자 독방을 사용했다. 다락에서 잠을 자는 둘째도, 이불을 꺼낸 캐비닛 안에서 새우처럼 꼬부리고 자는 셋째도 눈만 뜨면 생기있게 뛰어다녔다.

벌의 식구가 날마다 늘어 스무 마리도 넘는다는 아이의 걱정에 슬그머니 위기의식이 생긴다. 자꾸만 많아져 떼거리로 공격해 오면 어쩌나, 말벌에 쏘여 죽은 사람도 있다던데, 자기 집을 내어주고 살이 마르는 자양동 집 주인 여자 꼴이 되어갔다.

다시 가족회의 비슷한 게 열렸다. 결국, 남편이 좋은 날 잡아서 벌집을 떼어내기로 했다. 그 좋은 날이 좀처럼 잡히지 않아서 아이는 다른 방법을 생각했다. 모기향을 피우는 것이다. 의외로 쉬운 방법이었다. 벌들이 힘을 잃고 떨어져 내렸다. 날갯짓 붕붕거리던 벌집이 조용해졌다. 남아있는 벌들도 움직이지 않고 가만히 붙어 있다. 초상집이 되었다.

하루가 지난 후 아이들 방에 벌들이 세 마리나 기웃거렸다. 모기향을 피운 아이에게 "벌이 원수 갚으러 왔나 보다." 했더니 방으로 들어가려고 않는다.

아무래도 가을까지는 기다려야 했다. 식구가 많아져 소란스러워도 기왕 집터를 빌려주었으니 다른 곳으로 이사할 때까지 함께 살아야겠다.

벌 한 마리가 무거운 것을 물고 날아오르다가 떨어지고 또 날아오르기를 계속한다. 아이가 한참을 물끄러미 보더니 "벌도 사람처럼 띨띨한 게 있나 봐요." 한다. 늘 모자란 듯 울고 다녀서 오빠

사랑

들의 구박을 받던 넷째 여자아이가 생각났다. 그 아이를 닮아서 순하기 짝이 없던 뒷방 여자라면 벌집 밑에다 받침대를 달아 주었을 것이다. (1992년)

아름다워라

할머니의 주일은 항상 특별했다. 긴 머리를 감아 정성껏 빗으시고 은비녀를 꽂으셨다. 의걸이장 밑의 커다란 자물쇠를 열고 손질해 놓으신 흰 한복을 꺼내 입으시고 흰 고무신을 닦아드리면 고맙다 하며 신으셨다. 작은 키의 어른이 단정하고 고우셔서 옷자락을 가만히 쓰다듬어 보곤 했다.

우리 집은 읍내의 서쪽 끝에 있었고 교회는 동쪽 끝의 동산 위에 우뚝 서 있었기에 길이 멀었다. 할머니께서 그곳까지 가려면 기운이 빠진다고 출발하시기 전에 주발 뚜껑으로 막걸리를 조금 마셨다. 그때는 교회에 잘 나가지 않던 작은아버지는 할머니의 그런 모습을 보고 꼭 한마디 했다.

"술 냄새나서 예배당에 못 들어가요."

우리가 월요일부터 토요일까지 학교에 가듯 주일날이면 으레 교회로 가서 예배를 드려야 되는 것으로 알고 있었다. 그날은 가게도 문을 닫고 대부분의 읍내 사람들이 교회로 모여들었다. 물건을 사지 않고 팔지도 않고 오직 예배드리는 일에 집중하고 집에서 쉬었다. 모든 사람이 마땅히 그렇게 해야 한다고 여겼다.

할머니께서는 슬하에 육 남매를 두셨는데 손자 손녀 합하여 가족의 수가 서른 명이 넘었다. 모두의 생일을 꼭 기억하셔서 생일 감사헌금을 내셨고, 살면서 생기는 여러 일에 대해 감사를 잊지 않았다. 주일마다 누런 봉투에 깨끗한 돈으로 감사헌금을 넣어서 교회로 올라가셨다. 말년에 형편이 어려워져서도 헌금하시는 일에 정성을 다했다. 그 예물이 어려운 사람을 돕는 것이라 여기신 듯하다.

우리 가족이 신앙을 가진다는 것은 특별한 무엇이 아니라 생활 일부분이었다. 음력 보름이면 뒤꼍에 놓여있던 물 담긴 항아리 속에 촛불도 볼 수 있었고 작은고모님이 결혼반지를 잃어버렸을 때는 답답하신 끝에 점을 보기도 했고 무당을 불러 굿을 하기도 했다. 그 모든 행위가 하나님께 죄송하다며 속이 상해 하셨지만, 집안의 누구도 할머니를 탓하지 않았다. 어느 시점에 이르자 버려야 할 것은 과감히 버리셨다.

처음 가족 예배를 드리던 날 얼굴이 붉게 상기되어 기도하시던 모습을 잊을 수 없다. 그 예배를 통해서 우리의 신앙도 체계가 잡히고 믿음 안에서의 공동체에 대한 의식을 갖게 되었다.

할머니께서는 나에게 많은 것을 가르쳐주시고 베풀어 주셨지만, 그분을 섭섭하게 해드린 일이 여러 번이다. 할머니의 소원 중의 한 가지가 손자, 손녀들이 교회에서 결혼식을 올리는 것이었다. 나는 꼭 그렇게 하리라고 믿고 계셨는데 그 기대를 저버려 참 죄송하다. 그분이 돌아가신 후 두 명의 여동생이 교회에서 결혼식을 올렸다. 할머니께서는 하늘에서 보시고 기뻐하셨을 것이다.

나는 기도한다. 내 아이들이 신앙이 좋은 배필을 만나 하나님 앞에서 혼인 서약을 하도록 열심히 소원하고 있다.

할머니의 손에는 은가락지가 끼워져 있었다. 희고 동그란 그것을 가끔 고운 소금으로 닦으셨는데 빛이 자주 변한다고 귀찮아하셨다. "네가 커서 금가락지 하나 해다오." 하셨다. 그때는 할머니가 아니라 여자이셨다. "그럼요."라고 서슴지 않고 대답했다. 대답이 너무 쉬웠던가, 그리고 잊어버렸다. 마음먹고 해드리려고 했으면 얼마든지 가능한 일인데 어째 그랬는지 모르겠다. 그 자책감으로 나는 반지를 끼지 않는다. 모두 내 손이 예뻐서 반지를 끼면 어울리겠다고 하지만 결혼반지도 끼지 않는다. 내가 하늘로 갈 때 금반지 하나 끼고 가서 할머니를 만나면 손에 끼워 드릴 것이다. 꼭 그렇게 하고 싶다.

할머니께서는 여든이 넘도록 사시면서 친정에 가면 큰아이 기저귀를 갈아서 빨아주셨고, 돌날 그릇을 사 들고 시댁에도 오셨다.

사랑

안방에 그림처럼 앉아 손님 노릇을 하셨는데 그곳에 할머니가 계신 것이 얼마나 좋은지 저절로 입이 벙긋거렸다. 돌아가실 때 "큰 집에서 일해내기 어려워 어떡하냐." 하면서도 손녀가 씩씩하게 감당하길 바라셨다.

할머니께서는 늘 기도하셨다.

"우리 은네(인혜) 잘되게 해주세요." 기도하셨다. 그 기도의 힘으로 이렇게 용감히 잘 산다. 그래서 나도 아이들을 위해서 기도한다. 할머니께서 물려준, 믿음이란 아름다운 것밖에 아무것도 자랑할 것이 없다. (1992년)

생명

장 보고 국밥 먹고

마침 의성 장날이다. 객지에 떠나있던 동기간이 고향에 모였다. 아버지 기일을 맞아 추도식을 마치고 한가로웠다. 할 일을 찾다가 오일장을 구경 가자고 의견을 모았다. 남동생들도 따라나서 앞서거니 뒤따라가거니 무리를 지어 시장으로 향했다. 여전히 낮은 담과 좁은 길이 반가워서 구경하느라 걸음이 저절로 느려진다.

시장 입구의 기름집에 참기름을 주문했다. 고향에 사는 여섯째 동생이 잘 아는 집이라며 믿을 만하단다. 진짜 참기름을 먹게 되었다고 도시에서 온 사람들은 흐뭇하다.

예전에 다니던, 유다리 건너서 큰길 쪽에서 시장 거리로 들어가지 않고 반대편으로 들어섰더니 옹기전이 나오고, 그리도 넓어 보이던 길이 비좁아서 마주 오는 사람들과 부딪힐 정도다.

옹기전 옆에 살던 반 친구가 생각났다. 얼굴이 둥그러니 복스럽게 생긴 그 아이는 어머니가 돌아가신 후 새어머니 밑에서 동화

생명

속의 주인공처럼 구박을 받았다. 새어머니께 반항하다가 머리를 깎였다는 소문을 듣고 찾아갔다. 보자기를 쓴 친구를 만났던 일이 늘 마음에 걸렸다. 오랜 후 서울에서 만났을 때는 머리카락이 길어져 있었지만, 그 애는 나를 못 본 척했다. 어째서 시장 거리로 막 들어서자 그때, 나를 보고도 입술을 굳게 다물었던 친구가 생각이 났는지 모르겠다.

올케들이 그릇전에서 작은 상을 흥정하는 데는 건성이고, 내 눈길은 건너편에 수북이 쌓인 명태 쾌에 머문다. 어느 집 물건이 좋을까, 기웃거린다. 넷째 남동생이 벌써 값을 물어봤는지 한 쾌 사자며 지갑부터 꺼낸다. 스무 마리 중 세 마리만 자기네가 먹고 나머지는 누나가 가져가라고 한다.

안방 다락문을 열면 늘 볼 수 있었던 명태였다. 할머니께서는 그것을 물에 불려 삼베 보자기에 싸놓았다가 방망이로 두드려 살을 부드럽게 했다. 명태를 펴놓고 가늘게 찢어 밥반찬도 하고 손님이 오시면 상에도 놓았다. 부스러기를 얻어먹는 재미로 명태를 다듬을 때면 할머니 곁에 붙어 있었다.

그다음 발길이 머문 곳이 어물전이다. 서너 가지 종류뿐인 단출한 진열이지만 생선 중에 돔배기(상어토막)가 있어 군침을 삼킨다. 그 방면으로 일가견이 있는 다섯째의 싱싱하지 않다는 말로 사는 것을 포기하고 마늘전으로 갔다.

의성이 마늘 산지라는 사실을 높이 쌓인 마늘 무더기를 보며 실감한다. 인근의 마늘이 전부 의성 장에 모이기에 물량이 대단하다. 의성 마늘의 매운맛에는 단맛도 들어있어 음식 맛을 풍부하게 한다. 백화점 광고지에 '의성 마늘'이란 글자가 자주 등장해서 흐뭇했는데 의성 사람들이 그 매운맛을 닮아선지 성격이 독하다는 얘기는 가슴이 뜨끔한 부분이다.

셋째인 바로 밑의 남동생은 작년 아버지 초상 때, 그 와중에서도 마늘을 챙겨주었는데 이번에도 계속 마늘을 사주겠다고 한다. 무겁다고 엄살을 부려 조금만 사게 했다.

장남인 그는 제수씨들이 고생한다며 점심은 밖에서 해결하자고 한다. 장에 와서 국밥 한 그릇 먹고 간다는 것이 당연하다. 초등학교 동창회의 운동회가 열린다며 아침 일찍 나갔던 일곱째 동생이 국밥집으로 와서 일행은 여덟 명이 되었다.

옛날 구 시장 시절, 집에서 굴다리를 지나가면 왼편에 남선옥이 있었다. 주춧돌이 높은 기와집의 바깥쪽으로 나 있는 문을 전부 열어놓고 장날이 되면 국밥을 팔았다. 어쩌다 집에 손님이 와서 심부름 가면 두루마기 입은 할아버지들이 방마다 가득 앉아 우리 할아버지 찾기가 어려웠다. 무조건 소리쳤다.

"할부지요, 행촌 할배 오셨니더…."

그러면 방 저쪽 어딘가에서 "오냐, 은네야." 하는 할아버지의 목소리가 들리곤 했다. 툇마루에 앉아 가마솥에 담긴 국자를 열심히 젓던 남선옥 주인 마나님이 "아이고, 이쁘기도 해라, 심부름도 잘하네."라며 꼭 한마디를 던졌다.

동생이 돈을 많이 쓰는 게 아닌가 염려되어 국밥집을 나서며 슬쩍 보았더니 만 원짜리 한 장만 낸다. 어디에 홀린 기분이다. 여덟 명이 건더기가 많은 국밥을 배불리 먹었는데 이상한 노릇이다.

돌아오는 길에 복숭아를 싸게 판다며 복숭아를 사고, 옥수수도 너무 싸다고 감탄하며 옥수수 사고, 어머니 잡수실 묵도 샀다.

큰일을 치러낸 듯 뿌듯하다. 고향에 가서 오일장 구경을 하고 싶다는 생각을 언제나 가슴에 묻어 놓고 지낸 터라 그것의 실현이 즐거웠다.

내가 어릴 적에는 식구가 많아 살림의 규모가 커서 닷새마다 서는 장날이면 일꾼이 달구지를 끌고 가서 할아버지께서 사놓은 것을 실어왔다. 철마다 제철 과일을 접으로 살 정도로 고방에 식자재가 쌓이고 집안 여자들은 별식을 만드느라 부산했다. 늘 사람이 많이 드나들어 여러 음식이 풍성했다. 커다란 통대구가 나오면 어물전 주인이 들고 오곤 했는데 차츰 가세가 기울면서 장날에 대한 기대가 줄어들었다. 할머니나 어머니께서 시장 가는 모습을 보지 못했다. 장 보는 힘든 일은 남자들이 해주는 것으로 알았다.

그날 저녁 명태를 다듬는데 함께 거들던 남동생이 시침을 뚝 떼고 물었다.

"시 개 오백 원, 시 개 오백 원. 이게 무슨 말이게?"

"오백 원짜리 시계도 있나?"

물가가 워낙 싸니까 그런 것도 있는가 했다. 나는 그때까지도 여덟 명의 점심값이 만 원이라는 사실이 믿기지 않아 어리둥절하고 있었다. 나중에 알고 보니 그 집 주인이 동생의 친구라고 했다.

"아니!"

"그럼?"

"세 개 오백 원."

우리는 모두 초등학생으로 되돌아가서 입을 크게 벌려 깔깔거리며 손뼉을 쳤다. (1993년)

생명

보물지도

　가끔 지도를 펴놓고 전국을 보며 여행을 즐긴다. 가계부에서 뜯어낸 반쪽 지도이다. 그것을 보고 있노라면 마음이 흔들린다.

　특히 동인들이 사는 몇몇 도시는 각별한 친근감으로 눈에 들어온다. 누군가 그곳에 있기에 연관되는 모든 사실이 지극히 소중해지는 것이다.

　중년의 선비가 단정히 앉아서 책을 읽고 있는 듯한 전주는 처음 도착했을 때 느꼈던, 틀이 잡힌 단아함이 그곳 사람들에 대한 신뢰를 주었다. 그 밑으로 더 남쪽에 내려앉은 광주는 금남로와 망월동이 떠올라 생각만으로도 비장해진다. 광주 사람들이 부둥켜안고 있는 숙명과도 같은 아픔이 그들을 대할 때마다 전이되어 함께 앓아야 했기에 자주 가서 안부를 묻고 싶은 곳이다.

　부근의 고창과 순천 그리고 강진에 사는 사람들은 늘 편안하게 대할 수 있는 이웃으로 가깝다. 아무 때 만나도 덥석 손을 잡고 흔들며 반가운 미소를 지을 수 있는 다정한 사람들이다.

갑자기 눈이 치솟아 춘천으로 올라가서 머문다. 어째서 춘천을 고향으로 둔 사람들은 한결같이 자기 고장에 대한 무조건의 애정을 갖는지 모르겠다. 춘천의 무엇이 그렇게 만드는지 알아보고 싶다. 아직 아무것도 본 것이 없어 그 정서는 미지수로 남아있는 도시다. 어느 날 기차를 타고 춘천역에 내려 크게 기침 한 번 한 후 천천히 돌아볼 것이다.

나에게는 아직도 바다는 환상이다. 먼 동화의 세계이고 경이로운 상대다. 그래서 바다 가까이 사는 사람에게는 부러움의 파장이 크다. 그들을 생각하며 지도의 푸른 여백에 마음이 잠긴다.

바다가 곁에 있는 도시들–부산 인천 여수 마산 그리고 통영. 통영은 박경리 님의 『김약국의 딸들』을 읽은 때부터 가보고 싶은 곳이 되었다. 그곳에 가면 낡은 기와집이 음산하고 고적한 냄새를 풍기며 기울어져 가고, 뒤꼍의 대나무 숲은 바람이 불 때마다 잎새를 서걱이며 괴로워할 것이다. 사람들은 운명의 처절함에 무겁게 침묵할 터이고 감정이 격해지면 가끔 소리 내어 울부짖을 것이다. 생각만 해도 등에 찬바람이 지나간다.

어느 초가을 통영의 바다를 보았다. 바다에 빠져서 머리만 내놓고 있는 무수한 섬을 보았다. 그 위로 비가 내린다. 세병관 댓돌 위로 떨어지는 낙수가 돌에 깊은 구멍을 만들 만큼 통영의 빗방울은

생명

힘이 넘치는가? 그래서 그곳 사람들은 험난한 바다와 운명에 당당히 맞설 수 있는 기운을 가졌나 보다.

『김약국의 딸들』 그 소설로 인해 같은 이가 쓴 『토지』를 처음 연재될 때부터 찾아 읽었다. 《현대문학》에 3년 동안 연재되었는데 매달 책이 나오기를 기다리며 서점을 들락거렸다. 그 소설 속에서 평사리를 가보았고 하동과 진주를 만났다.

서희의 몸종이던 봉선이가 기생이 되어 소리하던 곳이 진주였던가. 여염집 아낙네가 다소곳이 사는 동네가 아니라 비단옷 곱게 차려입은 기녀들이 가슴에 애달픈 사연을 하나씩 안고 살림을 차린 내용이라야 어울릴 것 같다.

나는 기생이란 직업에 호감이 있다. 춘향의 어머니 월매와 황진이와 계월향과 다른 이름 모를 여인들도 나는 사랑한다. 춘향전에 나오는 명월이~ 그 이름도 불러보고 싶다. 나긋나긋한 몸매로 사내들을 호리던 춤을 추고, 시를 잘 짓고, 가야금을 타던 그런 옛날 여인네들의 흥을 좋아한다. 자신들이 감당해야 할 일에 몰두했던 선각자적인 여인들의 강한 의지가 일제강점기 때에는 나라를 위해 깃발을 들고 앞장서서 거리로 나서지 않았던가.

침략자 일본장수를 안고 남강으로 떨어져 내리던 날 논개는 무슨 색깔의 옷을 입었을까. 어떤 마음의 색깔로 왜장의 넋을 움직였을까, 궁금하다. 춤을 추어야 할 상황이 아닌데도 몸을 움직여야 했던 그녀, 강낭콩보다 더 푸른 남강에 한 송이 꽃으로 내려앉을 수 있었던 용기는 먼저 떠난 임에 대한 애절한 사랑과 절개였으리라. 피하지 못하여 껴안을 수밖에 없는 운명에 과감히 맞섰던 여인들을 기억해주고 싶다.

진주는 그렇게 논개가 먼저 떠오르는 도시다. 물이 좋고 인심이 좋아 부드럽고 섬세한 명주의 생산지라니 그곳은 바람마저 늘 미풍일 듯하다.

시월 어느 날 아침에 만난 진주는 수줍음으로 가득 찬 모습이었다. 너무나 조용해서 귀를 기울여 수런거리며 일어나는 속마음을 겨우 읽을 수 있었다. 지나치게 조용해서 숨소리마저 죽이다가 결국에는 아무 말 없이 돌아서야 했던 미완의 도시.

요즘은 고운 명주 목도리에 번진 얼룩같이 애달파지는 남강의 촉석루나 논개는 잊어버리고 유명하다는 해장국집이 있는 시장 골목을 생각한다. 그래선지 지도에서 진주를 만나면 허기가 진다.

아침 텔레비전 방송 프로그램에서 전국의 여러 도시를 볼 수 있다. 눈으로 보면서 상황을 바로 이해하기에 먼 지역이라도 거리감이 없어진다.

갈아 신을 짚신 메고 떠나는 한양길이 아니다. 세계가 하나로 뭉치고 있다. 원대한 뜻을 품은 젊은이처럼 "할 일이 많다!"라는 구호를 외치며 마음이 눅눅해지는 그리움에서 빠져나온다.

접힌 자리가 떨어지려는 지도를 보물처럼 고이 접는다. 사방으로 흩어졌던 마음도 접는다. (1993년)

생명

나무와 채송화

동설난 화분 귀퉁이에 풀 한 줄기가 올라왔다. 집 안에 식물이 적어 초록빛이 귀하기에 내버려 두었다. 그 가느다란 줄기 끝에 꽃이 피었다. 가시 같은 잎이 눈에 익다 했더니 노란 채송화다.

며칠 동안 집을 비운 후 돌아와서 화분에 물을 주며 살피다가 꽃을 발견하고 소리쳐 남편을 불렀다. 몸을 움직이기 싫어하는 그도 높은 목청에 마음이 동했는지 어슬렁거리며 다가와서 보더니 얼굴에 웃음꽃이 핀다. 채송화를 본 것이 언제던가, 시골집 얘기가 자연스럽게 화제가 된다.

우리가 신혼 시절 몇 해 살았던 시댁은 동네 한쪽 산밑에 넓은 땅을 거느리고 편안하게 자리 잡고 있었다. 미음으로 지어진 한옥의 주변에는 오랜 세월 동안 그곳에서 살다 간 조상들이 심은 나무들로 무성했다.

집 뒤꼍과 이어져 있는 산등성이에 자생하는 수백 그루의 참나무를 위시해서 산비탈 텃밭 주변에 대추나무가 수십 그루였다. 사당채의 긴 담벼락을 따라 늘어선 두릅나무는 이른 봄 내내 새순을 돋아내 밥상에 두릅 향이 가득하게 만들어 주었다.

집 둘레에 드문드문 서 있는 여러 그루의 감나무, 고추밭 가장자리에는 서너 그루 미루나무가 우뚝 솟아 볼만했으며, 그 옆의 밤나무들도 가지가 무성하여 많은 열매를 달아 밤 추수만 해도 일거리가 되었다. 그곳에서 지내며 늘 바라보던 나무들의 어울림으로 무리 지어 있는 푸른 것들에 대한 향수가 깊다.

어머님께서는 바깥마당에서 함께 일을 하게 될 때마다 눈에 뜨이는 나무에 대한 내력을 말씀해주셨다. 집 안에 심긴 모든 나무에는 작은 사연이 담겨 있었다. 마당 모서리의 늙은 감나무는 팽이 모양의 감이 열렸는데 나이가 많아서 해를 걸러 감이 열린다고 측은한 정을 보냈다. 그 감나무는 모든 나무 중에서 어른 대접을 받는 고목이라 가까이 가지 못하고 멀리서만 보곤 했다. 감히 가지 위에 올라가 감을 따지 못해 높은 곳의 열매는 당연히 까치밥이 되었다.

사랑방에서 마주 보이는 마당에 커다란 측백나무 한 그루 서 있었는데 그 옆에는 무궁화가 기우뚱한 자세로 자라고 있었다. 그것은 남편이 중학생일 때 세 살 터울의 시동생과 같이 심었다.

어른이 된 남편은 사당과 작약밭 사이에 자목련 몇 그루를 심어서 나무 심기의 내력에 얘기 하나를 보태었다. 산비탈에 앵두나무를 심은 것은 작은할아버님이시고, 그분이 음력 4월에 돌아가셔서 이른 앵두를 따서 제사상에 올렸기에 당신께서 심은 공을 잡수신다고 했다.

앞으로 누구에겐가 그 얘기들을 전해주어야 할 나도 문중의 일원이 되었다는 표시로 백합 몇 뿌리 얻다가 심었다. 마늘쪽과 모양이 비슷한 뿌리를 해마다 나누어주었더니 그것도 다른 식물을 닮아 포기가 커서 꽃이 많았다. 한여름의 무더위 속에 풍기는 짙은 백합 향기로 마음이 현란했다.

마당 한쪽이 널따란 채소밭으로 경작되는데도 빈 땅이 많아서 봄이 되면 무엇이건 더 심어야 했다. 어머님에게는 살뜰히 여기는 그 많은 나무와 풀들이 생계를 꾸려나가는 데에 큰 도움이 되었고, 바람 같은 남편 대신 든든한 울타리가 되었다는 사실을 한참 후에야 깨달았다. 진작 눈치챘더라면 먹고사는 데 아무 소용에 닿지 않는 백합보다 가지나 토마토 따위를 더 심었을 것이다.

시아버님께서는 키가 훤칠한 나무를 가꾸기보다는 작고 아담한 꽃을 좋아하셨다. 해마다 백일홍이나 일 년 국화 따위를 골목길에 심어서 집으로 찾아오는 사람들을 즐겁게 했다. 꽃 같은 자식들이 한창 자라나던 시절에는 다른 꽃을 찾아다니느라 집안에 소홀하셨다.

내가 결혼을 해서 시댁으로 들어간 후에는 집안에 계시면서 화단의 꽃들을 돌아보시고 잡초를 뽑아주면서 소일을 하셨다. 그런데 화초보다 잡초가 쉴 새 없이 돋아나 며칠만 소홀해도 무성해져 온 식구가 잡초 뽑기에 동원되었다. 늦잠을 자고 싶은 남편은 "풀 뽑아라!" 외치는 소리를 기상나팔로 듣고 새벽같이 일어났다. 농사 짓는 시골집답지 않게 마당이 깨끗이 정리되었다.

잡초 때문에 사람이 시달리자 잡초들이 잘 돋아나는 곳에 채송화를 심었다. 채송화는 도시계획에 따라 잘 정비된 길처럼 마당을 이리저리 갈라놓았다. 그것은 땅에 나직이 엎드려 밭과 마당을 경계해 주었고 낮은 곳과 높은 곳을 구분 지었다. 또 집 모양에 따라 축대 밑으로 길게 이어져 흡사 꽃밭 위에 세워진 것처럼 건물이 아름다웠다. 채송화는 하수도 옆에도 심어졌고 사당으로 통하는 구석진 길에도 얌전히 누워있었다.

채송화가 자라서 꽃이 피어 있을 때는 잡초 뽑기에서 놓여날 수 있어서 편안했다. 대신 소일거리가 줄어든 아버님은 며칠씩 사랑방을 비우셨다. 나는 아버님이 계시지 않는 사랑마루에 올라앉아 마당에 만발한 채송화를 내려다보곤 하였다. 그 꽃은 지붕 위로 비죽 솟아오른 나무들을 숭배하는 듯 다소곳이 엎드려 있었다.

오랜 세월 동안 한자리에 서서 온갖 풍상을 겪어내는 나무를 바라보는 것보다 시간이 흐르면 살아있던 흔적이 말끔히 사라지는

생명

일년초 같은 인생을 사랑한 것인가. 나무 한 그루 남기지 않은 아버님의 인생에서 귀하게 남겨진 모습이 남편의 웃음인가 보다. 채송화를 바라보는 모습이 천진하다. (1994년)

완전자동 버튼을 눌러놓고

우리 집 세탁기 윗부분에는 두 마리의 백조가 그려져 있다. 한 마리는 바로 앉아 있고, 한 마리는 물에 비친 그림자처럼 밑부분을 마주 대고 누워있다. 두 마리가 마주 보지 않아서 다정한 모양은 아니지만, 실체와 그림자처럼 떨어질 수 없는 관계로 함께 있는 것이다.

바로 옆에 근사한 글씨체로 '백조'라고 적어 놓았으니 그 세탁기 이름이 '백조'이다. 백조는 작은아이가 유치원 다닐 때 우리 집에 왔다. 14년 동안 함께 지내는 셈이다.

고모네서 키우던 삽살개 케리는 열 살이 넘자 노쇠한 모습이 역력했다. 한 식구로 지내면서 정이 들었는데 차츰 그 생명이 사그라지는 것을 보며 마음이 아팠다. 세탁기는 낡아서 몰골이 우습지만 나이 든 티를 내지 않고 묵묵하니 참 다행이다.

생명

얼마 전 탈수조의 속 덮개가 이리저리 갈라져서 바늘에 굵은 실을 꿰어 엮었다. 할머니께서 금이 간 바가지를 실로 촘촘히 꿰매는 모습을 본 탓이다. 그러고 있으니 이사 갈 때 세탁기는 버리고 가자던 아이들의 말이 쑥 들어간다. 이삿짐을 마당에 내어놓으면 아무리 값진 물건이라도 후줄근한데 우리 집 낡은 세탁기 백조는 그 정도가 심하기는 하다.

백조는 반수동식이다. 세탁조와 탈수조가 구분되어 있어 세탁물을 이쪽저쪽 옮겨가면서 빨래를 해야 한다. 그런 불편도 손빨래보다는 한결 쉬운 노릇이라 여겼다. 그래선지 나는 아직도 완전자동 세탁기가 스스로 물을 받아 세탁하고 헹구고 탈수하며, 사용하는 비누도 자동으로 조절된다는 것이 너무 신기한 구식 사람으로 살고 있다.

요즘은 세탁조에 물을 받으면 슬슬 빠져나가니 수리 서비스를 받을까 생각했지만, 너무 낡은 세탁기라 민망한 일인 듯해서 내버려 두고 있다.

어느 날 탈수기가 돌아가고 있는데 다음 빨래를 넣어 무심코 세탁 버튼을 눌렀다. 깜짝 놀라 멍하고 있는 사이에 깨달은 것은 양쪽 다 무리 없이 잘 돌아가고 있다는 사실이었다.

지금까지는 세탁과 탈수를 따로 작동시켰기에 시간이 오래 걸렸다. 여러 종류의 세탁물이 있을 때는 몇 시간 동안 세탁기 코드에 달린 플러그를 콘센트에 꽂아두어야 했다. 탈수하면서도 세탁을 함께 할 수 있어 그만큼 시간이 절약되는 방법을 몰랐다. 그날 종일 어안이 벙벙했다. 나중에는 실실 어이없는 웃음이 나왔다. 14년을 사용했으면서도 편리한 방법을 이제 터득한 것이다.

　백조는 남편이 사 들고 왔다. 가전제품 대리점에 친구가 있다면서 그 당시에는 3.5kg짜리 초대형 세탁기를 좁은 아파트에 들여온 것이다. 놀라서 눈이 커지는 나에게 물건값의 반은 지급하고 나머지는 월부로 갚아나가기로 했단다. 돈을 다 주지 못해선지 사용설명서도 급수하는 호스도 받아오지 않았다. 혹시 그 대리점 주인이 못 팔겠다고 마음이 변할까, 겁이 난 것이겠지.

　지금까지 고무호스를 잘라서 세탁기와 수도꼭지를 연결해서 사용한다. 다른 집에서도 그렇게 사용하고 있는 줄 알았다. 설명서가 없으니 사용방법을 혼자서 터득했는데 완전히 습득하지 못한 것이다. 빨래를 쉽게 할 수 있는 것만 다행이라고 생각했다.

　어깨가 자주 아픈 아내의 수고를 덜어주기 위해서 아이들 기저귀를 대신 빨아주었고 옷도 잘 갈아입지 않으려던 남편이 그 봉사를 세탁기에다 맡겨버린 후 차츰 집안의 다른 일까지 무심해졌다. 혼자 밖에서 일어나는 자기 일에 몰두했고, 집 안에 있는 나는 내 일에만 몰두했다.

　둘이서 힘을 합해야 할 때도 서로 모른 척해 버리고 제각기 자기 영역 속에서 돌기만 했다. 늘 쉽게 지쳐버렸다. 일이 잘못되면 상대

방을 원망했다. 사용방법을 제대로 몰랐던 우리 집 세탁기처럼 우리도 살아가는 방법을 올바르게 터득하지 못해서 마음이 상하고 시간을 허비했다.

요즘은 남편이 집에 있는 날이 많아졌다. 종일 둘이서 함께 지내니 잊어버리고 있던 습관이 저절로 눈에 뜨인다. 신혼 시절, 저 사람이 저런 버릇을 가지고 있구나, 라며 신기해하던 때로 돌아간 것 같다.

세탁기의 진가를 고물이 다 된 지금에야 알게 되듯이 혹시 내가 아직도 모르고 있는 다른 능력이 남편에게 잠재되어 있지 않을까, 슬그머니 그 사람의 귀를 눌러보고 가슴도 눌러보고 싶어진다.

미운 오리 새끼일 때는 자신이 가장 흉하다고 생각했는데 백조의 자리를 찾고서야 우아한 모습을 발견한 것과 같이 우리도 세탁기 위에 그려진 두 마리의 백조가 되어가는 것일까?

지금이라도 정신의 모든 기능을 완전자동으로 돌려놓아야 할 것이다. 살아가는 방법을 따로 배우지 않아도 모든 기능이 저절로 가동되도록 말이다. 그러나 남편의 순수한 마음이 담긴 반수동식 '백조' 세탁기만은 불편한 대로 계속 사용할 것이다. (1995년)

사랑의 줄

　꽃집 앞을 지나가다 눈을 끄는 화초가 있어 발을 멈추었다. 작은 잎사귀가 앙증스러워 살피니 하트 모양이다. 옹기종기 수많은 사랑이 넘친다. 자세히 보려고 아예 쪼그리고 앉았다. 화원의 주인은 화초란 보는 것보다 키우는 재미라며 잎이 무성한 줄기는 그냥 두고, 여린 몇 가닥을 조심스럽게 빼내어 사기 화분에 옮겨 주었다. 그렇게 러브체인과의 사연이 시작되었다.

　나름대로 정성을 다해 물을 주며 애정이 듬뿍 담긴 눈으로 바라보기도 했지만, 번번이 줄기가 떨어지고 잎도 우수수 흘러내렸다.

　옆집 승민이네 러브체인은 커다란 항아리에 가득 심겨 흘러내린 줄기가 숱이 많은 머릿결처럼 보였다. 짙고 옅은 고동색의 잎사귀가 푸른 물에 잠긴 듯 환상적이었다. 바라보는 자리에 따라서 다른 느낌을 주기에 보는 재미도 컸다. 그 풍성함이 부러웠다. 몇 개의

생명

줄기에 잎사귀가 드문드문 간신히 붙어 있는 우리 집 러브체인과 심하게 비교되었다.

하소연을 늘어놓는 나에게 화초를 잘 기르는 집사님이 싱긋 웃으며 말했다. 러브체인은 특별히 사랑이 많은 사람이 잘 키울 수 있고 그것도 부부간의 금실이 좋은 집에서만 잘 자란다고 강조했다.

생각해 보니 옆집 부부는 친구처럼 다정했다. 시장에 같이 다니고 몸집이 자그마한 남편을 위해 손이 큰 승민 엄마는 부지런히 음식을 만들었다. 그들의 모습은 언제나 활짝 핀 해바라기였다. 여섯 살 승민이마저 사람만 보면 손을 번쩍 들어 "할렐루야!" 인사를 했다.

내친김에 다른 집의 러브체인이 자라는 사정도 살펴보았다. 현관 벽에 시 한 편씩 적어서 예쁘게 붙여 놓는 진수네는 거실의 천장 가까이 높은 곳에 러브체인 화분을 걸어 두었다. 고르게 잘 자란 줄기가 초록빛 잎사귀를 달고 길게 내려와 거실 바닥에 닿을 듯 멋졌다.

하니네 러브체인은 이상했다. 흙에 심긴 부분의 줄기에는 누렇게 뜬 잎만 몇 개 달려 금방이라도 끊어질 듯 위태로운데 밑으로 내려갈수록 잎이 무성했다. 그것을 처음 볼 때 "네 시작은 미약하나 나중은 심히 창대하리라."라는 구절이 불현듯 떠올랐다. 늘 기도하는 가정이라서 화초까지 번성하는구나 부러웠다.

어느 해, 하일동이 장마로 물에 잠긴 후 그곳에 살던 '예닮원'이 우리 구역으로 이사를 왔다. 식구들이 모두 이십 명 정도의 덩치는 크지만, 어린이처럼 철없는 지적장애의 사람들이다. 그들을 처음 만나던 날, 예배를 끝내고 차에 오른 나에게 악수를 두 번이나 하고도 곁을 떠나지 않던 청년이 차창 밖에서 무엇이라고 소리쳤다. 무슨 말인지 어리둥절해서 자세히 보니 입 모양이 '엄마'라는 단어를 만든다. 벙벙해져 바라보는 나를 다시 "엄마!"라고 부른다. 가슴이 덜컥 내려앉았다. 이미 오래전부터 만나고 있는 영아원의 아이들은 나이 든 여자만 보면 엄마라고 안기기에 많이 단련되어 있다. 그런데 얼굴 모양이 울룩불룩한 청년이 애타는 표정으로 부르는 '엄마'는…, 너무나 겁이 나서 그곳에 다시 가기가 두려워졌다. 이런저런 핑계로 매주 예배를 미루다가 한 달쯤 후에 다시 갔다. 나에게 맡겨진 식구니 구역장인 나밖에 누가 대신할 수 없는 일이다, 라고 마음을 굳게 먹었다.

다시 만난 그들에게 무슨 말을 했는지, 알아들었는지 마는지 표정들이 그저 천진했다. 예배를 마친 후 지난번의 그 청년을 찾았다. 이름이 경진이라고 했다. 머리를 쓰다듬자 내 무릎에 머리를 묻고 큰 소리로 울었다. 헤어졌던 엄마를 다시 만난 아이처럼 울고 있는, 나보다 덩치가 큰 사람을 어떻게 대해야 좋을지 등에 진땀이 흘렀다. 시간이 지나면서 그들에게 조금씩 적응이 되었다.

그들과 가까이에 있는 것이 당연해져 스스로 선한 사마리아인이

생명

된 듯 덤벙거리며 몇 년을 함께 지냈다. 그런데 이사를 해서 구역이 갈라졌다.

헤어진 지 서너 달 후, 마음으로는 아직도 내 아이들이란 끈끈함을 감추고 있는데 그들을 다시 보았다. 주일 저녁의 선교부 헌신예배 때였다. 특수선교지의 한 곳인 '예닮원' 식구들이 등장한다는 말에 가슴이 둥둥 뛰었다.

노란색 운동복으로 모양을 낸 그들이 서로 손을 잡고 노래를 불렀다. "사랑하는 시몬아~ 넌 날 사랑하느냐. 오~ 주님 당신만이 아십니다." 소리쳐 부른다. 저마다 목소리를 마음껏 높이니 음이 따로따로이다. 물가에 내다 놓은 아이를 바라보는 것처럼 조마조마하다. 눈을 감아버렸다. 함께 지내던 때의 여러 일이, 그들의 천진한 모습이 떠오른다. 이제는 많이 자란 아이를 보듯 이루어지는 상황이 벅차다. 큰일을 해낸 후 안심하는 마음이 된다.

찬양을 끝낸 그들은 손을 잡은 채 조심스럽게 강단에서 내려왔다. 서로 잡은 손을 놓지 않고 줄을 지어서 천천히 통로를 걸었다.

그들은 서로의 외로움을 잡았고 낯선 곳에서의 두려움을 잡았으며 서로에 대한 신뢰를 아울러 잡았다. 노란색 러브체인이 된 것이다. 작은 고리들이 하나씩 모여 신비로운 사랑의 줄을 이루었다.

하나님께서 저렇게 아름다운 러브체인을 키우고 계셨구나. 정신의 번쩍 들었다. 그분의 넓은 그늘에서 나도 함께 키워졌음을 깨달았다. 그들과 함께 있을 때 잎이 무성한 러브체인이 되었다.

이제는 그들에게서 떠났지만, 튼튼히 연결된 줄은 끊어지지 않을 것이다. 우리 집 러브체인도 무성히 자랄 것이라는 희망을 본다.

(1997년)

생명의 근원

어느 날 건강보험공단에서 성이 '유'인지 '류'인지를 확인할 수 있도록 주민등록등본을 첨부하라는 통보가 왔다.

성姓의 유柳 자는 '류'로도 표기가 된다. 오래전 문중에서 '柳'의 한글 표기를 '류'로 결정했다는 이야기를 신문에서 읽었다. 그러나 바꾸어 써야겠다는 생각이 없었다. 초등학교에 들어간 이후, 네모 칸 공책에 또박또박 쓰기 시작했던 '유인혜'에 눈이 익고 정이 들어 그 결정을 무시했다.

건강보험증에만 '류'로 적혀 있어 병원에 갈 때는 딴사람이 된 기분이 들긴 했었다. 마음에 뭔지 모를 갈등을 가지고 동사무소에 가서 등본을 신청했는데 같은 이유로 그곳에 온 민원인이 있다. 그는 남편의 성을 '류' 자로 바꿀 수 있는가를 물었고, 정정 신고만 하면 간단히 바꿀 수 있다고 직원이 대답했다. 옆에서 그가 하는 모습을 구경하다가 무심히 중얼거렸다.

"나도 이번에 바꿀까?"

말이 떨어지기도 전에 직원이 받아서 한마디 한다.

"뿌리를 찾아야지요."

뿌리… 뿌리라… 흑인 노예로 잡혀갔던 조상들을 찾아 나섰던 이야기, 「뿌리」가 느닷없이 떠올랐다. 오래전의 이야기라서 전혀 줄거리가 생각나지 않지만, 그의 조상 쿤타 킨테는 갖은 고생으로 자식을 지켜냈다. 결국, 후손인 알렉스 헤일리가 아프리카로 가서 찾아 만났던 뿌리의 흔적을 드라마로 보면서 깊이 감동했었다. 내 조상들은 무엇을 하면서 살아왔을까.

뿌리라는 말에 성의 글자 하나로 복잡했던 마음이 사라진다. 나도 정정 신고를 했다. 컴퓨터 키보드가 몇 번 타다닥 하더니 저쪽으로 가서 등본을 다시 떼어 보라고 있다. 등본에 올려진 새로운 이름, 류인혜가 어색하여 가만히 들여다보는데 그 짧은 시간이 수십 년의 세월처럼 느껴졌다. 새로 얻어낸 '류' 자의 무거움에 한숨이 나온다.

버들 '류柳'란 내 성姓에 관한 생각은 이랬다. 학문이 높은 조상들에 대한 자부심 못지않게 어느 한편에서는 글자의 모양마저 버드나무의 길게 늘어진 가지를 닮아 보여 찜찜한 그 무엇이 있었다. 그 가지의 흐드러짐이 이상하게도 비단 치맛자락을 한껏 잡아당겨 허리의 곡선이 부드럽게 드러난 여인이 연상되었다.

또 다른 정서는 풍류를 좋아하는 한량의 냄새도 풍겨내어 도저히 품위 있는 양반의 성씨로는 어울리지 않았다. 점잖은 체의 이면에 감추어진, 눈 껌벅이며 지나가는 부조리 같은 느낌을 주었다.

그래서 단체로 성의 한글 표기를 '류'로 한다기에 이때다, 하며 무리에서 이탈해 나왔다. 조상을 버린 셈이다.

이제 철이 조금 들어 편안해진 채 내 조상들이 내린 뿌리에 대해서 생각해 보았다. 같은 성을 가진 사람들의 이어짐이 어찌 단순한 종족보존의 본능에서라고만 할 수 있을 것인가. 아버지의 아버지, 또 그 아버지의 아버지, 무수한 아버지들의 행렬이 얼마나 먼 곳까지 이어졌는지 아득하다. 성을 이어받음이란 곧 생명의 이어감이다. 내 성을 아이들에게 이어주지 못한다는 현실에서 성씨에 대해 무심했던 것인지, 단순히 '류'의 표기를 거부한 것이 뿌리를 버린 행위였다면 그동안 생명의 이어짐에 무관심한 채로 살아온 셈이다.

생명에 대한 집착은 사람의 원초적 본능이다. 사람을 흙으로 만드신 하나님께서 부어주신 생기가 시작이다. 생명을 주신 이가 하나님이고 거두어 가시는 이도 하나님이다. 보이지 않는 큰 힘이 지금까지 내 생명을 주관해 오신 것이다. 그런데 새삼스러운 뿌리에 대한 자각은 무엇일까.

가을이 가기 전에 차 한잔하자는 말에 따라나선 김 선생과의 화제는 버드나무가 시작이었다. 적당한 화제를 찾으려고 궁리하던 중에 지나는 길가의 버드나무는 반가웠다.

　"버드나무는 아직 단풍이 들지 않았어요."

　김 선생은 대수롭지 않게 대답한다.

　"더 추워지면 노랗게 변해서 떨어져요."

　"추위에 강한 나무인가 봐요. 봄이면 다른 나무보다 일찍 움이 돋아요."

　"버드나무가 그렇게 질겨요. 그냥 대충 꺾어 심어도 살아나요."

　버드나무가 질기다는 김 선생의 표현에 느닷없이 잡초가 연상되었다. 땅바닥에 잎이 넓게 펴져 손으로 뜯어내면 실 같은 살이 드러나는 질경이가 떠올랐다.

　그것뿐이 아니다. 봄날이면 하얗게 날아다니는 버드나무의 꽃이 생각났다. 그 솜털같이 가볍게 날아다니며 다시 뿌리를 내릴 땅을 찾지만, 사람에게는 알레르기의 원인을 제공하는 것이 아니던가. 그러니 종합해보면 버드나무의 꽃은 멀리 날아가도록 가볍고, 잎은 부드럽고, 본성이 질기며, 추위에 강하다. 다르게 표현하면 종족 번성의 본능이 강한 식물이다.

　살아가는 것의 근원이 되는 뿌리, 생명의 근원인 뿌리를 중요하게 생각하지 않는 것일까. 불편한 내심을 감추고 태연한 척한다.

생명

강이 바라보이는 곳에서 쉬었다가 돌아오는 길에 다시 버드나무를 보았다. 다른 나무들은 단풍이 들어 화려한데 버드나무의 푸른빛이 초라하다. 그와 같이 주변의 변화를 쉽게 수용하지 못했던 내 인생에 연민이 간다.

앞으로 얼마나 더 추워져야 생명을 지켜주는 깊은 뿌리에 대한 깨달음을 가지게 될까. 내 후손의 삶에 준비가 된 것인가, 어떤 채비를 마련해 줄 것인가, 궁금하다. (1997년)

서늘한 기운이 돌거든

계절이 깊어진다. 자주 창밖을 내다보며 어디론가 가야 할 듯 서성인다. 마침 신문에 실린 고궁 답사의 광고를 읽는다. 다가오는 가을의 침잠되는 기운과 가장 어울리는 일이란 생각이 든다. 목요일 오후 2시부터라는 답사 시간도 적절하다. 서울에 살면서 궁궐을 모른다면 시민의 자격이 없다고 여겨 뜻밖의 좋은 일을 만난 듯했다. 서둘러 참가비를 송금하여 답사 신청을 했다.

궁궐로 가자. 단층 화려한 지붕을 배경으로 긴 옷자락을 휘날리며 회랑을 걷던 상감과 중전마마를 만나러 가자. 그들이 보이지 않으면 뒷방 신세로 심성이 사나워진 대왕 대비마마라도 만나자. 그들을 알현하기에는 부족한 지극히 간단한 차림으로 지하철을 탔다.

첫 번째 답사지는 경복궁이다. 궁으로 들어갈 때는 정문을 이용해야 한다며 모이는 장소를 광화문으로 정했다는 인솔자는 첫인상이 편하다.

광화문 부근에 모인 사람들을 한마디로 남녀노소라고 표현할 수 있는 다양한 연령대다. 유모차를 끌고 나온 새댁은 아이를 돌보는 것보다 메모를 더 열심히 하였고, 초등학생과 함께 온 어머니는 아이가 설명을 잘 듣도록 자주 주의를 상기시킨다. 나이 지긋한 노부부는 빠른 걸음으로 일행을 이끌어가는 인솔자를 따라가느라 힘에 겨워 서로 격려하는 모습이 보기에 좋다.

전혀 안면이 없는 사람들과 어울려 있다는 사실이 신선하다. 새로운 것에 대한 호기심과 진지함을 지닌 채 궁궐을 돌았다.

시골에서 상경한 나를 친구들이 서울 구경을 시켜준다며 데리고 온 곳이 경복궁이었다. 그때 받은 인상은 낡은 궁궐의 건물보다 넓은 잔디밭에 사람들이 모여서 쉬고 있는 평화로움이었다. 외국의 사진에서 보았던 광경을 직접 대하자 그 즐거움이 오래 남는 인상적인 일이 되었다. 나중에 알고 보니 그것은 부끄러운 역사의 한 매듭이었다.

일본강점기 때, 1910년 이후 궁 안에 있는 수많은 전각을 헐어내어 일반에게 매각한 것이 5,000간이 넘는 물량이었다. 1915년에는 합방 5주년 기념으로 조선물산공진회를 열었다. 나라의 임금님이 정사를 돌보며 살았던 곳을 헐어내고 그곳에 전국 각지의 물건을 전시했다. 그때 경복궁 전체의 사 분의 일이 훼손되었다는 기록이 있다. 처음 경복궁을 이룩한 태조가 알았다면 무덤에서 벌떡 일어날 사건이 아닌가.

건물이 서 있던 자리에 잔디를 심고 궁궐과는 어울리지 않는 탑과 비석들을 가져다 놓은 것이 지금의 경복궁 정원이 되어 역사적 사실을 모르는 무심한 사람들에게 오해를 주고 있다. 전통적인 우리의 마당은 흙 마당이다. 궁궐의 잔디는 건물의 무덤이라는 설명이 아픈 역사를 대변하여 공감이 간다. 관심을 두지 않아서 몰랐고, 몰라서 깨닫지 못한 일이 부끄러워졌다. 궁궐을 방문하여 그곳에 얽힌 역사를 공부하면서 우리의 허약함을 깨달았다.

근정문 계단에 앉아서 바로 눈앞의 중앙청이 서 있던 자리에서 벌이고 있는 공사현장의 어수선한 구조물을 보면서 옛날이야기를 들었다.

창건 초기(1395년)의 경복궁 전각의 규모는 내전이 173간, 외전이 212간, 궐내 각사가 390여 간으로 총 775간 정도였다고 한다. 자료에 의하면 임진왜란으로 완전히 불에 타서 없어진 경복궁을 대원군이 중건할 때(1868년)의 규모는 7,225간의 330동이었다.

지금 경복궁에 남아있는 건물은 근정전, 사정전, 만춘전, 천추전, 수정전 등과 경회루, 향원정의 열몇 채로 700간이 못 미치는 규모이다. 다행히 경복궁 복원공사가 진행되고 있어 2009년까지 129동을 다시 세울 계획이라 한다. 원래의 모습대로 그 많은 전각과 부속 건물이 복원되려면 더 오랜 시간과 노력이 필요하다.

근정전은 법전, 정전이라고 부르는데 행사를 치르던 장소이다. 우리 일행은 인솔자의 말에 따라 근정전이 가장 아름답게 보인다는 오른편 행각 두 번째 기둥 사이에 몰려서서 그 아름다움을 애써 찾는다. 그런데 손뼉을 치고 싶은 일이 일어났다.

많은 카메라가 동원되어 연속사극의 한 장면을 촬영하고 있다. 근정전의 위엄에 알맞은 내용으로 세자의 결혼식이 치러진다. 햇볕을 가리는 커다란 우산을 든 시녀가 정전을 향해 걸어가는 세자빈을 받쳐주고, 그 뒤로 궁녀의 무리가 따라간다. 붉고 푸른 옷을 입은 문무백관들도 좌우에 서 있다. 비록 꾸며진 사람들이긴 하지만 그 광경을 대하니 궁궐답사의 완벽한 어울림을 보는 듯했다.

정도전이 삼봉집에 남긴 「경복궁」이란 글은 "신이 고찰하여 보니 궁궐은 임금이 신하로부터 국정에 대한 일을 듣고 보는 곳입니다. 온 세상이 우러러보는 것이므로 신하와 백성이 함께 만드는 곳입니다."라고 시작했다. 또 새로 짓는 궁궐의 이름을 경복궁이라 지은 유래를 적고 마지막에는 임금이 해야 할 도리를 일렀다.

"궁궐에 거처하실 때에는 빈한하게 사는 선비들을 두둔해 줄 것을 생각하시고, 여름이 되어 집 안에 서늘한 기운이 돌거든 어떻게 하면 온 백성에게 이 서늘한 기운을 골고루 베풀까를 생각하십시

오……."

　잘 지은 궁궐 건물은 여름이면 시원한 기운이 돌았나 보다. 그 서늘한 기운을 무더위에 고생하는 백성에게 주고 싶었던 임금들은 궁궐에서 사라졌다. 그 권위와 베풂이 존재하지 않는다. 그들이 살았던 집들만 외롭게 남아 궁궐의 존재가치가 궁금한 지금의 백성을 맞는다. (1998년)

생명

사람

아버지의 안경

안경을 다시 고쳤다. 방바닥에 둔 것이 밟혀서 찌그러졌기 때문이다. 동네의 가까운 안경점에 가서 폈는데, 다시 왼쪽 알이 빠졌다. 아쉬운 대로 실로 고정해서 사용하다가 결국 빠져서 테를 새로 바꾸었다. 안경은 눈이나 다름이 없는데 간수를 소홀히 했다.

돋보기는 쓴 지 오래되어 없으면 글씨 읽기가 어렵다. 이제는 평상시에도 안경을 착용하라고 해서 새로 만들었다. 새로 맞춘 안경은 테가 없다. 유행에 따라서 색깔도 넣었으니 안경을 쓴 멋쟁이가 되었다. 그러나 마음은 심란하다. 안경만 바라보면 죄를 짓는 기분이 든다.

아버지는 68세에 돌아가셨는데, 그분이 돋보기를 쓴 모습을 본적이 없다. 함께 살지 않은 탓도 있지만, 아버지의 눈에는 전혀 관심이 없었다. 늘 건장한 중년의 모습이 입력되어 있어서 돋보기를 쓰는 늙은 아버지의 모습을 상상도 못 했다. 자신이 불편한 것만 안타까웠던 무심한 딸이다.

아버지께서 하늘로 가시던 날, 친구분이 배웅하는 마음으로 추모 글을 써서 오셨다. 요즘은 만장을 들지 않으니 그저 간직하라고 주셨다. 산역을 하는 동안 가까이 가서 고맙다는 인사를 했더니 보너스처럼 두 장의 사진을 꺼내 주셨다. 상주에게 주려고 했는데 딸이라도 가지라며, 돌아가시기 얼마 전에 찍은 생전의 모습이라 했다. 친구분들이 모여서 아버지를 만나러 오셨던 길에 점심을 같이하면서 찍은 사진이다.

안경을 쓰신 아버지의 얼굴을 보았다. "안경을 쓰셨네요." 하고 놀라니 눈이 나빠져서 잘 읽을 수 없다고 해서 돋보기를 사 드렸다는 말씀이다. 그리고 말년의 여러 이야기를 해주는데 내가 알지 못하는 일이 그동안 얼마나 많이 일어났는지 부끄러워서 고개를 들 수가 없었다. 친정이라고 자주 가보지도 못했으니 아버지를 버려둔 나쁜 딸이 된 것이다. 고개를 들지도 못하고 눈물만 흘렸다. 친구분이 사주신 돋보기는 한 달쯤 사용하신 셈이다. 세상과 그리 친하게 지내지 못했던 아버지는 말년의 한 달 동안만 밝은 세상을 보다가 가신 것이다.

그 친구분의 "법도가 엄한 시댁에서 지냈으니 할 수가 없었겠지." 라는 위로의 말이 없었더라면 부끄러워 숨이 막혀서 그 자리에서 넘어갔을 것 같았다. 통한의 눈물을 아무리 흘려도 세월은 거슬러 올라가지 않는 법이 아닌가.

장례 다음 날 동생들이 아버지께서 쓰시던 방을 도배했다. 삼우제 지내면 다들 흩어질 것이니 손이 있을 때 해야 할 일을 하자고 시작한 것이 도배였다. 구경 삼아 기웃거리는데 방 안쪽 장판에 콩알만 한 검은 점들이 줄을 이어서 찍혀있다. 처음에는 무엇이 묻어 있는 것이라 여겨 걸레로 닦으라고 했더니 아버지의 담뱃재 자국이라고 대답했다. 무슨 말인가 궁금해서 널려진 종이를 헤치며 가까이 가서 보았더니 동그랗게 탄 자국이다. 담뱃재를 털 때와 꽁초를 버릴 때 재떨이를 찾지 않고 팔만 벌려 방바닥에 무턱대고 비벼서 끈 것이다. 아이들 장난처럼 누워서 손을 뻗는 위치마다 검게 탄 자국이 선명했다.

갑자기 정신이 몽롱해져 덥석 주저앉았다. 임종하셨다는 전갈을 듣고부터 쉴 새 없이 터져 나오던 울음이 조금 진정되었는데, 다시 걷잡을 수 없이 흘러내린다. 가슴이 타들어 가듯 고통스러웠지만 그칠 수 없다. '아버지, 아버지, 왜 돋보기 사 오라고 말씀하지 않으셨어요!' 속으로는 넋두리가 쏟아지는데 전혀 소리가 되어 나오지 않는다.

아버지는 내 문학의 기초를 닦아 주셨다. 그분이 사주시는 책으로 지식의 세계를 일찍부터 접하게 되었다. 당시 보기 어려웠던 다른 세상을 책을 통해서 먼저 구경했다. 글자를 알아 읽을 수 있게 되자 호기심을 가지고 할머니의 성경을 읽고, 아버지가 구독하시는 잡지를 틈틈이 읽어보았다.

『사상계』는 한자漢字가 많았는데, 책에 실린 내용 중 유일하게 한자가 섞이지 않은 글이라서 우리나라의 지성들의 일상을 수필로 만났다.

중학교에 들어가자 『김찬삼의 세계여행기』를 사 주셨다. 더 넓은 세상과 꿈을 가진 사람이 이루는 희망을 배웠다. 먼 나라에도 사람들이 살아가며 입고, 먹는다는 것을 알게 되었다. 그리고 문명의 근원이 지혜로운 사람으로 인하여 생기게 된 것을 배웠다.

많은 것을 알아서 아버지와 이야기를 나누는 것이 바람이 되었다. 그러나 함께한 내용이 아무것도 없다. 결혼하고 공식적인 어른이 되어서도 내 아이들만 눈에 들어와서 부모님께는 건성이었다. 아버지처럼 아이들에게 책을 사주고, 좋은 옷을 입히고, 팔이 아프게 시장을 봐와서 밥상을 차려 주었다. 친정의 부모님이 먹는지 입는지는 건성이었다. 아무리 내리사랑이라고 해도 불효막심한 딸이다.

아버지께 더욱 죄송한 점은 새로 맞춘 안경이 큰아이가 어버이날의 선물이라고 사준 것이다. 아버지의 딸이 늙어서 안경을 쓰지 않고는 지낼 수 없게 되었는데, 생전의 아버지는 딸보다 훨씬 많은 연세에 눈을 감고 지내셨다고 하니, 안경을 대할 때마다 가슴이 아프다.

아버지만 생각하면 마음이 불편해서 전전긍긍이 된다. 많은 세월이 흘렀는데도 검정콩 같은 점이 촘촘히 그려진 방바닥의 기억은 더 생생하게 떠올라 아프게 한다.

궁여지책으로 하나님께 우리 아버지 안경 하나 구해 드리라고 편지를 썼다. 아버지께서 자랑스럽게 여기던 똑똑하게 키운 딸이 마음 편해지려고 머리를 쓴 것이다.

그래서 그런지 고친 지 며칠밖에 되지 않았는데 안경다리가 또 고장이 났다. 당분간은 한쪽 다리가 없는 안경을 쓰고 불편해도 벌을 받는 기분으로 지낼 것이다. (2001년)

할아버지 나무

성지순례를 다녀온 분이 나무로 만든 십자가를 선물로 주었다. 나무에 돋아난 가시 자국이 여러 개가 그대로 남아있다. 뾰족한 돌출이 돋아난 십자가를 잡으니 손바닥에 닿는 느낌이 강하다. 그 십자가는 할아버지의 송곳을 연상시켰다.

고향을 떠나오면서 그곳과 연관된 물건을 지니고 싶은 마음이 들었다. 쉽게 들고 온 것이 할아버지께서 쓰시던 송곳이다. 왜 하필이면 그것을 들고 왔는지, 그 당시에는 꽤 심각한 결정이었는지, 방학 때 내려가서 송곳이 없어 아쉬워하는 말을 들어도 시침을 떼고 있었다. 당신께서 수십 년 동안 사용하던 도구이기에 수시로 찾았다. '저렇게 찾으시니 귀한 물건임이 틀림없지.' 그것도 재물이라고 욕심이 더 생겼다.

그분을 오래 기억하기 위해서는 앞으로 지니고 있을 정표로 가장 적당하다고 여겼을 것이다. 또 객지 생활의 외로움이 깊어 가족들이 몹시 그리워질 때, 송곳의 손잡이를 가만히 잡고 있으면 나무의 부드러운 질감이 마치 그들의 손을 잡은 듯 따스했다. 또 다른 면에서 의미를 부여한다면 그 송곳은 인간에 대한 상실감과 신뢰를 한 번에 말해 주는 상징이 되었다.

어떤 사물이 본래의 역할을 떠나 다른 무엇을 의미하게 되는 것은 그것이 소중해졌기 때문이다. 전혀 다른 성질로 바뀌면서 지금까지와는 다른 새로운 생명을 가진다. 사람들은 그 물건의 효용성보다 간직한 이야기를 소중히 여긴다. 나무로 만들어진 십자가는 단순한 나무 조각이 아니라 예수의 상징이 된다. 더구나 성지순례에서 가져온 것은 그곳에 가보지 못한 기독교인에게는 더욱더 소중한 상징물이다. 할아버지의 송곳이 할아버지를 상징하는 이유는 늘 사랑에 있으면서 할아버지와 동고동락의 수준으로 손때가 묻어왔기 때문이다.

오래 사용하여 거무튀튀한 손때가 묻은 송곳의 자루는 투박하다. 할아버지께서 직접 나무를 깎아서 만들었기에 두루뭉술하여 손에 잡기만 편했지 아무런 특징이 없다. 작은 나무 뭉치에 날카로운 쇠붙이가 달려있을 뿐이다. 할아버지께서는 그 송곳으로 여러 일을 하셨다. 등을 꾸부정하게 굽히고 돋보기 너머를 집중하시며 송곳을 사용하셨다. 화장실에 걸어 둘 신문지를 잘라서 묶거나 딱

딱한 것에 구멍을 만들거나 자주 사용하는 종이들을 모아 정리할 때, 송곳은 유용했다. 그 물건을 할아버지와 동격으로 생각하여도 무리가 없을 만큼 항상 가까이에 있었다.

할아버지께서는 큰 나무로 사셨다. 동네 어귀에 심겨 마을 사람들의 정신적 지주가 되는 당산나무처럼 우리 집의 중앙에 세워진 커다란 나무였다.

지금은 내 곁을 떠났지만, 그분이 지녔던 삶의 크기는 아직도 엄청난 위력을 지닌 채 사라지지 않는다. 조금씩 철이 들면서 어느 한 사람이 가까운 가족들에게 주는 그늘의 깊고 옅음을 깨닫게 되었을 때, 그분의 존재를 실감하게 되었다. 늘 그리워하는 마음은 나무의 넓은 그늘 밑에서, 튼튼한 기둥처럼 기대어 편히 쉬고 싶다는 아쉬움이 많았다.

할아버지가 남긴 여운이 길어 그처럼 기댈 수 있는 사람을 만날 수 있기를 기대했다. 무성한 가지와 잎을 지니고 있어 편안한 그늘을 이루는 넓음과 심성의 뿌리가 깊은 이가 그리웠다. 언제 어느 때나 무거워진 몸을 기대어 쉴 수 있는 든든함과 무슨 말이든지 묵묵히 들어주는 사람에 대한 갈망은 오래갔다. 그 환상은 쉽게 이루어질 수 없다.

마음의 나라에 넣어 놓은 사람은 찾을 수 없고 존재할 수 없다는 자각을 깨우치자 살아있는 나무로 시선을 돌렸다. 큰 나무가 무리

지어 있는 곳을 찾아다녔다. 묵묵히 서 있는 나무를 바라보면 알수 없는 기운이 전신으로 몰려왔다. 그 기운은 세상을 바라보는 눈을 부드럽게 만들어 주었다.

가장 좋아하는 나무는 넓은 들에 홀로 서 있는 고목이다. 노거수는 그 살아온 세월의 나이로 사람을 압도한다. 나이 든 나무 곁에서면 할아버지를 만난 듯 든든하다. 큰 나무는 존재 자체로 사람에게 힘을 준다. 힘차게 뻗어 곧게 자라난 나무의 기둥은 유용한 재목이 되어 준다. 대들보에 쓰이거나 집을 세우는 든든한 기둥이 되고 가구로 지어져 생활을 편리하게 만든다.

작은 나무토막이라도 쓰임새가 여러 가지다. 나무를 잘 다루는 사람을 만나면 이렇게 십자가를 다듬거나 유익한 연장이 되어 우리의 일상에 있다. 나무는 또 다른 생명이 되어 사람들 속에 상징으로 머무는 것이다. (2001년)

회귀回歸

산으로 올라가는 마을 입구에 커다란 나무가 있다. 정자나무다. 사람들이 그늘 밑에 모여 앉은 한가로운 풍경 앞에서 영구차가 멈추었다. 그들의 시선을 피하자 곁에 작은 못이 있어 눈길을 잡는다. 물 위를 더듬으며 밭둑을 걸었다. 행렬은 길게 이어지지만 조용하다. 아무도 말을 하는 사람이 없는 침묵의 행진이다.

산밑에 이르니 굴착기로 올라가는 길을 열어놓았다. 비가 내려 질척한 땅이다. 고무신에 달라붙는 흙을 아랑곳하지 않고 힘을 내어 오른다. 이 길을 올라가야 며칠 동안의 불안감이 사라질 것이라는 생각이 든다. 이곳에서 이별의 마지막 의식이 치러진다. 군데군데 널브러진 나뭇가지가 허둥거리는 발에 걸린다.

땅에 대한 향수는 흙으로 사람을 만드셨다는 말씀을 이해하고 나서다. 내가 땅으로부터 왔다니 몸 안에서 습기가 사라지면 살점이 부슬부슬 허물어질 것 같았다. 밀가루에 물을 넣고 반죽할 일이 있을 때마다 그런 생각이 문득문득 떠올랐다.

　서울의 시멘트 바닥을 오래 딛고 지내자 흙에 대한 갈증이 목에까지 차올라 있었다. 마침 남쪽 지방으로 갈 일이 생겨 그곳의 땅을 처음 밟았을 때의 묘한 흥분은 이상한 징조였다. 두근거리는 가슴을 고조시킨 것은 산등성이를 깎아서 길을 내는 광경이었다. 그 길은 황토였다. 황토라기보다 적토였다. 죽어 가는 바다도 살려낸다는 생명의 흙이다. 심장의 붉은 기운이 뭉쳐서 터져 나오는 기세를 느꼈다. 흡사 백년지기를 만난 듯 뛰는 가슴은 황홀한 충격이었다.

　그때의 두근거림이 전해 왔다. 산 중턱으로 올라가자 아버지를 모실 땅이 이미 깊게 파여 있었다. 반갑게도 주변에 널려져 있는 흙이 황토인 것이다.

　이생의 것은 아무것도 지니지 말라는 것인지, 마지막 쉴 곳인 양 여겼던 나무 관마저 벗어버리고 얇은 헝겊에 싸인 작은 몸이 그 속에 넣어진다. 흙으로 온 육신이 흙에 다시 심기는 것이다. 살아있는 사람들이 한 삽씩 흙을 떠서 그 위에 뿌렸다.

　이별의 슬픔으로 떨리는 손길이 오히려 매몰차게 보인다. 죄송하고 민망해서 시선을 돌려 먼 산을 보았다. 흙과 함께 꼬꾸라져 묻혀버리고 싶은 충동을 가까스로 억제하며 건너편 산등성이에 맥없이 던져진 눈시울이 뜨거워진다. 아버지….

사람

그분은 할아버지의 땅이 키웠다. 잘 다듬어 기름진 땅에 심어져, 눈부신 햇살과 알맞은 물기를 머금고 곱게 자랐다. 다른 땅에는 적응하지 못했다. 넓은 세상의 다른 어떤 곳으로 옮겨질 수도 없어, 할아버지의 영역이 그 기운이 다해진 후에도 시름시름 그 부근에서만 맴돌았다. 다른 세상을 몰랐기에 아무것도 할 것이 없던 아버지는 자신의 땅을 지니지 못했기에 결실이 없었다. 그런데 황토의 좋은 땅으로 돌아가게 되었다니 이런 복이 드물겠다는 생각이 들었다.

아버지께서 별세하셨다는 전화를 받고 서러움의 한 고비가 지나자 갑자기 '어디에 모시나…'란 생각이 머리를 스쳤다. 할아버지께서는 막내딸을 출가시킨 후 소유하고 계시던 산에 당신이 묻히실 곳을 미리 마련하셨다. 시멘트로 가묘의 틀을 만들어서 마당 한쪽에서 굳혀, 소달구지로 싣고 가던 일이 떠올랐기 때문이었다. 그 일은 시일이 오래 걸렸기에 그때의 어린 마음에 깊게 심겼다. 친정에 도착할 때까지 산소에 대한 걱정이 이별의 슬픔보다 더 답답한 문제로 크게 여겨졌다.

그런데 아버지의 아버지, 할아버지께서는 아들이 편히 잠들 수 있는 땅을 마지막으로 남겨놓았다. 아버지께서 별세하기 얼마 전, 아무도 그 존재를 모르던 산이 오래 체납된 세금으로 가족들에게 나타났다. 세금 통지서는 비장의 카드로 제시되었다.

하늘로 돌아가서도 아끼던 자식에게 땅을 선물로 불쑥 내밀어

가족들을 놀라게 하여 깊이 감동을 주었다. 당신이 뿌리신 씨앗을 거두어 가신 것이다. 내 뜻은 이것이 아닌데… 라고 후회할 틈도 없이 내려앉은 가족들의 자존심을 세우셨다. 얼마나 다행한 일인가, 아버지가 누울 땅이 남아있다는 사실은 아무리 생각해 봐도 기적 같은 선물이었다. 그것도 질퍽한 땅 기운이 붉은색으로 번지는 황토의 넉넉한 자리를 어찌 남겨두었을까.

아버지가 당신이 원하던 길로 힘차게 달려가지 못하고 기운을 꺾어 집안으로 숨어들었을 때, 할아버지께서는 자식의 얇은 옷가지를 걱정했다. 우선 급한 대로 당신의 옷을 벗어 손자들을 덮으면서, 아들의 추위를 더 가슴 아파했다.

이제는 당신의 땅으로 길러낸 자식을 마지막 남은 땅으로 데리고 가신다. 다시는 추운 세상에서 고생하지 말라고 따뜻한 황토 이불로 덮으셨다.

땅에 대한 애착은 살아가는 법을 그곳에서 배웠기 때문이다. 그것은 농경시대를 지나오면서 우리의 심성에 잠재된 땅과의 친화력이다. 땅이 주는 열매에 대한 희열 같은 사랑을 알았다. 우리의 종족본능을 본질부터 충족시켜 주는 수확의 기쁨을 알았다. 흙에서 와서 흙으로 인하여 키워지고, 다시 그곳으로 돌아가는 섭리에 순응하는데, 차마 봉분이 만들어지는 광경을 바라보지 못한다.

사람

서둘러 소지품을 챙겨 산에서 내려왔다. 허겁지겁 내려와 다시 정자나무 곁에서 잠긴 물을 바라보며 정신이 든다. 마을 사람들은 집으로 가고 아무도 그곳에 없다.

흰 고무신에 무겁게 붙어 있는 흙을 떨어내며 멀리 산등성이를 본다. 이제 아버지의 땅이 된 산을 가슴에 담는다. 그곳에서 풍기는 흙냄새의 따뜻함으로 펄떡이던 심장이 평안을 얻는다. (2002년)

옛날 영화 구경

주말 오후다. 모처럼 기분이 눅눅하니 편안하게 기대어 게으름을 부리고 싶은 시간이다. 별다른 할 일이 없어 심심하던 차에 텔레비전을 켰다. 채널을 이리저리 돌려보니 마침 교육 방송에서 영화 〈성춘향〉을 방영한다.

성춘향은 초등학교 다닐 때 할머니를 모시고 가서 본 영화이다. 한복을 곱게 입으시고 영화관에 가시던 할머니 생각이 나서 영화가 반갑다. 그때는 온 동네 사람들이 옷을 차려입고 몰려가서 영화를 구경했다. 고전적인 말투와 사고방식이 정겹게 느껴지는 것은 내 나이도 노년으로 진입된 뚜렷한 증거이다. 늘어진 감정선이 고전 영화와 어우러져 늙었다는 안도감이 하나도 섭섭하지 않다.

영화 〈성춘향〉은 1961년에 만들어져 우리 영화사의 굵은 선을 그은 역작이다. 명보 극장에서 상영할 때, 서울의 인구가 230

사람

만 명이었는데, 30만 명의 관객을 동원하였다. 비슷한 시기에 만들어진 김지미 주연의 〈춘향전〉보다 흥행에 성공해서 신상옥 감독은 이 영화를 계기로 우리나라 영화계에서 뚜렷한 자리를 차지했다.

옛날의 유명한 배우들을 만나니 반갑다. 주인공 춘향으로는 최은희, 이몽룡은 김진규가 맡았고, 악역을 자주 맡았던 허장강이 방자로 나와서 재미가 있다. 얼굴이 동그란 도금봉은 향단으로 그 당시 몸종답지 않게 한글을 깨쳐 월매가 불러 주는 대로 한양의 이 도령께 옥에 갇힌 춘향의 형편을 알리는 편지도 썼다.

그들의 느긋하고 노련한 연기가 인상적이고, 영화의 분위기가 소박하고 정겹다. 이덕화의 부친인 이예춘은 변 사또의 역할을 잘 해낸다. 예전에 볼 때는 몹시 나쁜 사또로 보이더니 지금은 그 역할이 너무 진지하다. 세월에 각박해져 험악한 일이 많이 일어나니 그 정도의 권력 남용은 여가의 일로 보인다. 정치보다 풍류를 좋아하는 원님이다.

춘향전은 판소리의 대표적인 작품이다. 고전을 공부하는 많은 사람에 의해서 연구되어 왔지만, 앞으로도 계속 관심을 받게 될 고전 중의 고전으로 여기게 되었다. 춘향가 중에서 '옥중가'나 '사랑가'는 한 부분으로 떨어져 나와서 많이 불리고 있다. 아니면 그 노래들이 춘향가 속으로 들어갔는지도 모른다. 춘향가 속에는 부르는 사람들의 흥에 의해서 온갖 종류의 민요가 들어있으니 그럴

수도 있을 것이다.

　기생의 딸로 태어났지만, 양반의 자제 이몽룡을 만나 일부종사를 하려는 춘향의 절개를 사람들은 좋아한다. 옥에 갇히는 수모를 당하면서도 그 사랑을 이루려는 춘향의 꿋꿋한 지조를 통해서 우리의 전통적인 도덕관을 확인하고 감동한다.

　춘향전에서 살펴볼 것은 불행한 결말이 아니고 참된 사랑을 쟁취하는 춘향의 행복한 이야기다. 또 판소리의 흥겨움 속에 참여한 민중들의 공감에 의한 좋은 결실을 얻는다. 옳은 것을 지키기 위해서 고난을 겪는 과정을 통하여 주변의 힘없는 사람들과 한마음이 되어 큰 힘을 얻게 된 것이다.

　많은 사람이 작당하여 이루는 일을 싫어했다. 사람마다 개인의 생각과 형편이 있는데 우르르 몰려서 조잡한 힘을 형성한다며 비웃었다. 민중은 개개인의 힘이 약하니 함께 뭉쳐야 한다는 것에 반대하여 개인의 힘으로 시선을 돌렸다.

　내 힘을 지키려고 상대에 겁을 주기 위해서 목소리를 높이고, 기운을 다해 설득하고, 가끔은 혼자 떨어져 절절히 외롭기도 하면서 온갖 고생을 했다. 그래서 만들어진 자존심을 굳세게 지켜 왔다.

　어찌 되었건 영화 속에서 춘향이는 암행어사가 된 이몽룡의 출두로 역압에서 벗어나는 좋은 결과를 얻었다. 모든 갈등이 끝나고

행복해지는 일에 감동하고 손뼉을 친다. 옛날 영화는 잘나지도 못
하면서 별나기만 한 사람을 무시한다. 복잡한 생각도 단순하게 모
아서 즐기도록 도와준다. 속이 후련해지는 좋은 영화를 구경했다.

(2003년)

블랙커피를 위하여

그것을 만난 것은 학교에 들어가기 전의 어린 나이 적이었다. 혼자 놀기 심심하던 어느 날, 우연히 서랍 장 위에 개켜 올려진 이불 틈새에서 수상한 병을 발견했다. 처음에는 무엇인지 몰라서 그냥 넣어 두었다. 며칠 후 궁금증에 견디지 못해 다시 꺼내서 뚜껑을 열고 손가락으로 찍어 맛을 보았다. 아주 쓴 약이라는 생각과 함께 아닐 것이라는 생각이 들었다. 그 쓴 가루의 출현은 새로운 호기심이었다. 이따금 병을 찾아내어 맛을 보았는데, 갑자기 그 병이 없어졌다. 얼마나 섭섭했던지, 그리고 차츰 기억에서도 사라졌다.

중학교 입학시험을 준비하던 초등학교 6학년 때, 담임 선생님께서는 학업의 효율을 위해서 반 아이들을 두 명씩 묶어 주었다. 나와 짝이 된 아이는 읍내에 하나뿐이었던 다방 집 딸이었다. 가끔 방과 후에 그의 집으로 가서 숙제를 같이하였다.

바쁜 부모들이 돌볼 틈이 없어 어수선한 그곳에서 우리 집에서는 볼 수 없었던 색다른 문화의 흔적을 보았다. 집 안 이곳저곳에 흔하게 굴러다니는, 영어가 잔뜩 쓰인 빈 병이라든가 깡통 등에서 이국의 냄새를 맡게 되자 그것들이 다방에서 사용하다가 버린 것들이라는 것을 깨달았다.

어느 날 드디어 심부름 가는 그 애를 따라 다방의 주방에 들어가 볼 수 있었다. 다방 앞을 지나갈 때마다 저 안에서는 무슨 일이 일어나고 있을까 궁금했는데, 아쉬운 대로 다방의 뒷문을 통해 들어간 주방에도 볼거리가 많았다.

실내와 연결된 조그만 창으로 들어오는 메모지를 보면서 주방 총각이 익숙한 솜씨로 각종 차를 만들어 내보내는 것을 구경했다. 지금까지도 선명하게 남아있는 모습은 작은 망에 담긴 홍차 건더기를 뜨거운 물에 여러 번 우려서 맑고 투명한 액체를 만들어 내던 일이다. 흡사 요술처럼 변하는 물의 색깔에 넋이 나갔다.

그곳에서 잊어버리고 있던 그 병을 보았다. 얼마나 반가웠는지 소리까지 지를 뻔했다. 무엇이냐고 묻는 내게 그 애는 '공부는 너에게 배우지만 나도 아는 것이 있다'라는 거만한 태도로 "커피"라고 간단히 대답했다. 아하, 그것이 바로 커피 병이었구나. 그렇게 아주 어렸을 때, 손가락으로 커피 알갱이를 찍어 먹으며, 맛을 블랙으로 길들인 커피 마시기다.

고등학교에 진학해서 고모 댁에서 하숙하던 나는 고만고만한 네 아이를 키우느라 부산했던 고모님을 도와서 집안일을 했다. 고모는 그 시대의 문화적인 일을 나에게 담당시켰다.

당연히 허락을 받지 않고도 찬장에 고이 모셔진 커피 병을 마음대로 꺼낼 수 있었다. 시험공부를 핑계로 밤중에 커피를 만들어 먹었는데, 입맛대로 커피만 두세 숟가락씩 넣어 끓인 블랙커피를 마셨다.

짙은 암갈색의 커피 색깔은 그때 경제적으로 어렵기만 했던 내 마음처럼 암담했다. 인생의 쓴맛을 먼저 배운 것이다. 만약 설탕을 넣어 달게 했다면 사는 것이 어렵지만은 않고, 사탕 같은 달콤한 면도 있다는 것을 눈치채었을 것이고, 커피 크림의 녹녹하고 끈적끈적한 맛을 알았다면 인생에 대한 시선이 자로 잰 듯 딱딱하지만은 않았을 것이다.

적당히 타협하고 모른 척하고, 대충 넘어가는 방법도 배웠을 터인데, 어쩌거나 한 가지 색으로 검기만 해서 단순함이 무지막지함에 가까운 블랙커피만 선호했다.

명동에 있는 다방 「설파」에서는 고전음악을 틀어주었다. 그곳에 매일 가서 음악을 들으며 커피를 마셨다.

가끔 깊은 외로움에 우울해질 때는 혼자서 '블루 마운틴' 커피를 주문했다. 그러면 주방에서 내주는 커피잔도 크고 아름다웠지만, 커피를 담은 주전자와 설탕 그릇과 크림 그릇까지 테이블에

놓아주었다. 그것들을 사용해서 커피를 만들면 뭔가 중요한 일을 하는 듯 자신의 내면에 골몰할 수 있어 편안해지며 시린 어깨에 힘이 들어갔다.

책을 읽을 때와 음악을 듣거나 글을 쓰는 도중에 마시는 커피도 그렇게 구별했다. 우아하다고 여기던 목이 긴 자라목깃의 검정 윗도리와 긴 검정 치마만 입지 않았지, 방황하던 젊음이 누릴 수 있는 정신의 사치를 마음껏 누렸다.

매우 친하던 커피와 작별을 한때는 큰아이를 가지고서다. 몸 안에서 자라나고 있는 새 생명에게 검은 액체는 해롭다고 하니 절대마시지 않았다. 남편이 놀랄 정도로 인내했다. 그리고 젖을 먹일때도 삼갔고, 둘째 때도 마찬가지였다. 그 후부터는 커피에 대해서 덤덤해졌다. 마음대로 마실 수 있게 되어서도 까다롭게 기호를따지지 않고 주는 대로, 집에 있는 대로 마셨다.

그런데 수십 년의 세월이 그렇게 흘러갔지만, 커피에 대한 기대치는 전혀 버려지지 않고 마음 깊숙이 숨어 있었나 보았다. 필요한 환경이 조성되면 놀라울 만큼 생생하게 살아나는 블랙커피에대한 미감이 충동했다.

마침 미국에 다녀온 분이 원두커피를 선물해 주었다. 우선 좋은향기가 날아가지 않도록 보관해 두었다.

어느 날, 커피 전문점으로 가서 성능이 좋다는 분쇄기를 사 왔다. 커피메이커를 준비하고, 거름종이를 사 왔다. 이제 만들어 마시기만 하면 된다고 생각하니 잔잔한 설렘이 일었다. 그 역사적인 순간을 아꼈다. 긴 기다림을 마무리할 때가 되었다는 생각이 들던 날, 하나의 의식처럼 천천히 원두를 갈았다.

언젠가 이제는 나이가 들어 젊음이 부러워진 세 사람이 모여서 이야기했다. 마음에 그리워하던 대상을 A라고 하자. 어느 날 그와 결별을 하게 되었을 때, 영원히 마음에 남아있는 A로 다른 것은 전혀 바라볼 생각도 하지 않았다는 여자가 있다. 노처녀로 늙어가고 있다. 그다음 여자는 A가 없으면 B를 A로 여길 수도 있고, C도 A 대신으로 마음에 담을 수 있다고 했다. 모든 대상을 A로 여기면 마음의 상처는 치유될 수 있으니 그 방법으로 살아왔노라고 자유분방한 정신을 다행으로 여겼다. 또 다른 여자는 A는 단지 A일 뿐이다. B, C, D는 A 이외의 대상이기에 A의 자리에는 들어올 수 없지만, 함께 어울릴 수는 있다고 했다.

블랙커피는 언제나 블랙커피를 원하는 자리에 머물러 있고, 다른 모든 커피는 필요 때문에 현실적으로 존재했을 뿐이다. 결국, 블랙커피가 기호인 내가 그것을 원하는 상황대로 가능할 때까지 잠잠히 기다렸다가 이제 얻게 되는 것이다. 뚜렷한 소원을 지니고 있으면 언젠가는 바라는 만큼의 가치로 그 형상이 이루어진다.

(2003년)

사람

강력한 항생제

언제부턴가 명치끝이 무겁고 이상해서 병원을 찾았다. 의사 선생님은 위가 아프다는 말을 듣자마자 수면 내시경을 권했다. 그래서 쉽게 진단이 내려졌다. 촬영된 화면을 보며 위궤양이 심하고, 십이지장도 온전하지 않다고 한다.

나이가 들어 보여서 신뢰가 가는 의사 선생님이 위장약을 먹은 후, 위 속에 있는 헬리코박터균을 없애는 약을 먹으면 된다고 했다. 환자가 온전히 믿을 수밖에 없는 사람이 의사다. 의사의 말에 의심이 간다면 병을 고치기가 어렵다.

팔 주간의 위장약 복용이 끝난 다음에는 남아있는 헬리코박터 파일로리Helicobacter Pylori균은 위궤양을 일으키는 균이라서 '박멸'을 해야 한다고 강조하였다. 의사 선생님의 그 말에 웃음이 나왔다. 표어나 포스터에서 흔히 보던 낱말이라 일상생활에서는 잘 사용하지 않는 말인데 박멸이라니 정말 무시무시한 세균을 몸 안에 감추고 있는 느낌이 들었다.

처방전을 받아서 간 약국의 약사는 한술 더 뜬다. 이 약에는 '강력한 항생제'가 포함되어 있어 위에 부담이 되더라도 참고 먹어야 한다며 강조했다. 그래서 약을 먹던 이 주간에는 정말 환자처럼 지냈다. 몸 안에서 일어나고 있는 박멸의 전쟁은 이라크 전쟁보다 더 실감이 났다. 강력한 항생제는 몸 안의 다른 세균까지 없애는지 하루하루가 몸이 녹초가 될 만큼 힘겨웠다.

약에 대한 전투력이 약한 잡균의 서식지도 박멸의 이름으로 초토화되나 보았다. 오래 머물렀던 곳을 떠나는 균들이 불쌍하기까지 했다.

강력한 항생제는 사람의 몸에만 필요한 것이 아닐 것이라는 생각이 점점 자리 잡기 시작했다. 신문을 읽을 때나, TV로 뉴스를 볼 때, 상식 밖의 이상한 사회현상을 접하면 강력한 항생제를 투여해야 한다는 생각이 든 것이다. 불신과 부패와 거짓과 오만과 사치와 술수가 가득한 모든 곳에 적용되는 항생제는 과연 무엇일까? 궁금했다.

대통령이 국회 연설을 하러 들어가는 화면을 보며 스쳐 지나가는 생각은 '존경받는 지도자'라는 단어였다. 온 국민이 마음으로 존경할 수 있는 지도자를 원하고 있는지, 그런 꿈같은 일은 일찌감치 포

사람

기하고 제각기 아비 없는 자식처럼 살아가기로 작정했는지는 모르 겠다만 이 사회를 치유할 수 있는 강력한 항생제는 모두가 신뢰할 지도자라는 결론을 얻었다.

정확한 시기는 잊어버렸다. 신문의 한글을 읽을 수 있었던 것을 보면 초등학교 저학년 때가 맞을 것 같다. 어느 날 신문에 큰 활자 로 "별이 떨어졌다"라는 말이 시선을 끌었다. 별은 밤하늘에 높이 떠서 반짝이는 것인데 어떤 별이 왜 떨어졌는지 몹시 궁금해서 식 구들을 붙잡고 물었다.

그 물음에 "해공 신익희 선생님이 돌아가셨다."라는 대답은 더욱 이상했다. 신문의 사진은 어떤 사람의 초상화를 든 많은 사람이 운 집해 있는 광경이었는데 사람이 죽었다면 하늘로 올라가서 별이 되 지 도리어 땅으로 떨어지다니 의문이 꼬리를 물었다.

아득히 하늘에 있는 별이 되어 사람들에게 위로를 주고 바라볼 수 있는 행복함을 주는 존재란 어떤 힘을 가지고 있을까.

나는 어릴 때부터 할머니의 말씀이라면 무조건 신뢰하여 마음 에 새겨두었다. 귀에 못이 박히도록 들었던 온갖 경구警句들은 살 아오면서 좋은 길잡이가 되었다. 특히 아이를 키울 때 많은 도움이 되었다.

"미운 일곱 살이 지나고, 미친 열 살이 지나야 온전한 사람 구실 을 한다."라고 하셨다. 그 말대로 아이가 잘못이 있더라도 수용을 하며 열 살이 지나도록 인내하며 기다리도록 노력했다.

길을 가다가 어머니가 어린아이에게 소리를 지르며 강요하는 장면을 목격하면 "열 살이 되도록 기다리세요."라는 말을 해주고 싶었다.

우리 사회는 아직 열 살도 되지 못한 어린아이가 아닌가 싶도록 곳곳에 공동체가 지녀야 할 기본적인 도덕심도 서로에 대한 공경심도 사라져 간다. 이 현상을 치유할 수 있는 강력한 항생제가 될 올바른 지도자를 기대하는 것은 환상이 아닐 것이다. (2003년)

꽃과 같은 사람

몇 해 동안 벼르기만 하다가 드디어 연꽃을 보고 왔다. 작년에는 덕수궁에서 연꽃 전시회를 연다기에 만사를 제쳐놓고 가보았다. 몸집이 높은 둥근 그릇에 물을 담아 몇 포기씩 심어서 쓸쓸하기 짝이 없는 연꽃을 만나고 왔다.

한 송이, 혹은 몇 송이 어울린 작은 꽃을 신기한 듯 보고 와서 소원의 지나치게 소박한 결말에 가끔 혼자 웃었다. 꽃구경했다는 자랑을 할 수 없었다. 그런데 이번에는 덕진공원 1만3천 평 연못에 피어 있는 아주 큰 꽃과 잎사귀, 연밥까지 볼 수 있어 즐거운 꽃구경이 되었다.

꽃구경에 대한 기대는 겨울의 꼬리가 남아있는 때부터 시작되었다. 입춘이 지나자 매화는 언제 피어날 것인가를 생각했고, 그게 실행되지 않자 슬그머니 벚꽃으로 마음이 옮겨갔다.

두 꽃의 경우가 다른 것은 매화는 묵은 등걸에 한 송이씩 피어나는 모양이 보고 싶었는데, 벚꽃은 눈발처럼 우수수 지는 꽃잎을 보고 싶다는 생각이 든 것이다.

꽃들은 연달아 눈앞에서 어른거렸다. 산수유 노란색이 아련해지며 개나리와 진달래가 꽃망울을 맺기 시작하자 마음 깊숙한 곳에서는 느닷없이 박태기나무 꽃이 피어났다.

어느 해, 새벽 기차를 타고 산골 마을에 갔다. 진분홍의 자잘한 꽃들이 마른 나뭇가지에 피어 있어 4월의 산천이 아름다웠다. 근처에 있던 아이들에게 "저 꽃 이름이 뭐니?" 하고 물었더니 "박태기 꽃이요."라고 대답했다.

그날 오후에는 선암사 근처의 산길에서 여러 사람을 향해 "저 꽃 이름이 뭐요?" 하고 묻는 사람이 있었다. 아는지 모르는지 모두 침묵하며 미소만 짓고 있었는데, 같이 침묵하기에는 마음이 간질거려 아침나절에 배운 것이라고 "박태기 꽃이요."라고 대답했다.

꽃 이름을 묻던 그 사람은 어느 날 불현듯 하늘로 돌아가 버렸고 "박태기요."라던 대답만 가슴속으로 메아리쳐 온다.

그해 가을까지 꽃에 대한 기대는 사람의 아름다움을 바라는 의식 속에 머물러 있었다. 뚜렷이 모습을 드러낸 것이 들국화였다.

가을들에 지천으로 피어나는 보라색 꽃을 들국화라고 불렀다. 집에서 기르는 국화와 같은 모양이니 그 꽃의 이름도 국화인데, 들에서 피고 있으니 들국화로구나 생각해 왔다.

사람

다른 이들은 그런 꽃들을 구절초라 했다. 왜 그런가 물어볼 엄두도 내지 않고 그저 한 가지 꽃에도 불리는 이름이 여러 가지가 있구나, 라고 생각하고 있었다. 그러나 아무래도 잘못 알고 있는 듯하여 다시 찾아본 결과 일반적으로 들국화라고 부르는 꽃들은 가을에 피어나는 국화과 식물인 구절초, 쑥부쟁이, 개미취, 해국과 같은 종류를 총칭해서 일컫는 말이다.

구절초는 인생길에 굴곡이 많은 사람을 바라보듯 사연이 많이 담긴 무거운 꽃으로 느껴진다. 한방과 민간요법에서 약용으로 많이 사용하는데 9월 9일에 캔 것이 약효가 가장 좋다고 하여 구절초九節草라고 불린다.

다른 야생화에 비해 꽃이 크고 색이 신비로우며 아름답다. 들에 한가롭게 피어 있는 꽃이라면 모든 사람의 시선을 받기 마련인데 모양의 아름다움에 좋은 약효까지 있으니 바라봄에 유익하지 않겠는가. 인품이 넉넉한 사람을 오래 신뢰하듯 구절초에 대한 좋은 생각이 오래갔다.

어느 식물원에 피어나는 여름 구절초가 아름답다 소문이 나기에 보라색의 작은 꽃망울을 연상했다. 가을의 들국화가 조금 더 일찍 피어난다고 생각한 것이다. 그런데 그 여름 구절초는 흰색 꽃이다. 무리로 있는 큰 송이의 흰색 꽃이 환상적이었다. 하얀빛이 그토록 화사한 아름다움을 주는 것이 신기했다.

평소에는 개망초가 흰색의 들꽃으로 입력이 되어 있었는데 망초

와는 비교가 안 되게, 수입품종이라는 여름 구절초의 꽃송이는 크고 우아했다. 자잘한 안개꽃의 흰색과도 그 규모부터 달랐다. 바람에 흔들리는 흰빛의 화사함에 취해서 어지럽기까지 했다.

어린 날의 박꽃이 갑자기 생각났다. 곡간채 초가지붕을 덮던 줄기를 따라 밤이면 수줍게 피어나던 하얀 박꽃이 느닷없이 생각이 났다. 아무것도 섞이지 않은 흰 색깔의 꽃을 보려고 잠을 이겼다.

박꽃처럼 보는 이 없어도 피었다가 얼른 져버리는 말이 없고 소박한 사람들이 떠올랐다. 사람들이 내세우는 온갖 색깔의 이기심으로 세상이 하도 울긋불긋하니 무채색의 것들이 소중해진다. 꽃을 바라보는 눈처럼 생각도 단순하고 맑아지고 싶다는 간절함에서다.

기억 속의 꽃들이 구체적인 대상을 기다리게 한다. 기회만 엿보고 있었는데 연꽃 보러 가자는 약속이 이루어졌다. 새벽 일찍 집을 나서서 버스를 탔다. 꽃처럼 마음이 고운 사람들이 함께 나섰다. 한 곳에 무더기로 피어 있는 연꽃을 보러 간 것이다.

마침내 소원이던 꽃구경을 했다. 먼 곳에서 피는 백련은 다음으로 미루고, 여름 뙤약볕에서 꽃을 피우는 분홍빛 연꽃을 보고 왔다. 왜 연꽃은 무더운 여름에 피어나는 것인지, 그래서 향기로운 추억의 냄새를 기억하게 하는지, 꽃을 바라봄은 사람의 아름다움을 기대하는 것과 다름이 없다. 사람의 모습이 향기롭게 피어나기를 기다리는 마음이다. 무지개를 찾아 나서려는 허망을 접고 가까이 꽃처럼 바라볼 수 있는 사람을 찾아보자. 선한 눈으로 보면 모든 사람이 꽃과 같이 아름다울 것이다. (2004년)

침묵

걷는 연습

갑자기 생긴 무릎 이상으로 몇 주간 절절매다가 겨우 정신이 들었다. 이제부터라도 노후한 기관으로 살아있을 동안 잘 사용하는 방법을 찾자는 마음이 든다. 늙음의 징후가 '나에게는 아직 아니겠지'라는 것이 아니다. 그 심각함에 완전한 자신감이 생기기까지 무릎을 아껴야겠다는 생각이 드는 요즘이다.

그날은 토요일 오전의 일이 끝나고 저녁 모임까지는 다섯 시간이란 긴 여유가 있었다. 집으로 갔다가 다시 나오기에는 전철의 무수한 계단을 오르내려야 하기에 무리이다. 그러면 이 시간을 어떻게 쓸까, 다리에 무리가 가지 않는 범위에서 어떤 일로 가장 효율적인 여가를 즐기게 될 것인지 궁리해보았다.

결정한 것이 저녁 모임의 장소와 가장 가까운 곳에 있는 극장에서 영화를 보는 일이었다. 약속 장소로 이동하기 편하니 무리한 움직임도 아니고 그만한 시간이라면 영화 한 편 보기에 적당하다 여겼다.

극장에는 마침 두 시간 후에 끝나는 프로가 있다. 간단히 점심을 먹은 후 영화를 보고, 어떤 영화이든 여운으로 남는 감정을 추스르고 다음 일을 준비하기에 알맞은 시간이다. 극장 안에 있는 가게에서 햄버거와 커피 한 잔을 청해 늦은 점심을 먹었다. 주말이라선지 함께 온 연인들이 많다. 〈효자동 이발사〉란 제목의 영화이다.

주인공인 성한모는 대통령이 사는 동네인 효자동에서 살고 있다. 효자이발소의 면도사였던 처녀와 결혼을 하여 1960년 4월 19일, 그 생사의 와중에 아들 성낙안을 낳았다.

영화는 성낙안의 해설로 진행된다. 평생 재물은 크게 모을 수 없지만 평안하게 지낼 수 있는 이름이라는 작명가의 말이지만 낙안에게 헛웃음이 나오도록 어이없는 고난이 다가왔다. 영화를 보고 있는 사람들에게 심각한 정서적인 갈등을 일으키게 되는 부분이다.

단순하고 순박한 성한모는 어떤 사건에 휘말려 대통령의 이발사가 되어 있었다. 공비에게 접근한 간첩이 걸리는 병이라고 알려진 설사병으로 인하여 시국이 뒤숭숭하게 되었을 때, 대통령의 이발을 맡고 있는 자의 양심으로 설사병에 걸린 아들을 직접 파출소에 데려다가 신고하는 그런 아버지다.

열 살의 천진한 아이는 파출소에서 종로경찰서 그리고 더 무시

무시한 곳으로 가서 전기고문을 받게 된다. 권력층의 반목으로 인한 희생양이 된 것이다.

고문의 후유증으로 낙안은 다리를 못 쓰게 되었다. 낙안이 서지 못하고 맥없이 주저앉을 때 그 장면을 보고 있는 나도 다리가 후들거리는 듯했다. 갑자기 무릎이 더 아파 왔다.

이발사와 그 아내는 아들의 다리를 고치기 위해서 갖은 애를 쓰는데, 산속에 사는 용한 도사가 비방을 알려준다. 용이 죽으면 용의 눈을 파서 마른 국화꽃과 같이 달여 먹이라고 한다.

몇 년 후 역사적 사건이 일어났다. 아버지는 아들을 위해서 오래 모시던 분의 영정에 그려진 눈동자의 검은 부분을 긁어낼 수밖에 없다. 그때 낙안의 아버지, 성한모가 흘리는 눈물은 영화를 감상하는 이들의 갈등을 해소하여 함께 울게 한다.

아들의 다리는 기적처럼 튼튼해져 일어나게 되고, 마침내 자전거를 탈 수 있게 되었다. 성한모와 성낙안 부자가 나란히 환하게 웃으며 자전거를 타고 오는 장면에서 영화가 끝이 난다.

극장을 나서며 지금까지 전기고문과도 같았던 세상살이의 혼란이 내가 알지도 못하는 사이에 다리에 힘을 빼버렸는가, 라는 생각이 들었다. 어떤 험한 일이라도 사는 것의 한 부분이거니 받아들여 함께 놀다가 알게 모르게 스며든 고단함으로 이렇게 무릎 고장이 난 것이라고 여겨졌다.

침묵

한편으로 생각하면 푹 쉬라는 신호이겠지만 다시 일어서려면 걷는 연습을 해야 한다. 내게 약이 되는 용의 눈이 있는지 없는지 모르겠으니 우선 지고 있는 무거움으로 땅이 꺼질까 봐 조심스럽게 걸음을 내디딘다. 어떻게 걸어야 무릎에 무리가 가지 않을까, 새롭게 걸음마를 배우며 방법을 터득하려고 애쓴다. (2004년)

꽃보다 더 아름답게
- 조경희 선생님 추모 특집

선생님을 보내는 작별의 의식은 경건하고 아름다웠다. 많은 분이 영안실로 찾아와서 선생님께 인사를 했다. 진달래를 좋아하시고 그 꽃이 피는 봄을 기다리시며, 어떤 경우에도 유쾌한 마음을 잃지 않은 생전의 모습과 같은 장례의식이었다. 이제 선생님께서는 완전히 우리 곁을 떠나셨다.

"선생님, 멀리 있는 길을 천천히 걸으소서" 배웅을 했다.

2005년 8월 4일 아침 7시, 급한 연락을 받고 고려대학교 안암병원으로 달려갔다. 선생님께서는 눈을 감고 계셨는데 "주무세요?" 소리치니 안 잔다고 어눌하게 말씀하셨다. "기운 내세요. 기도하고 있어요." 또 소리를 높였다. 더듬어 손을 잡아 주셨다. 그 찬 손을 잡은 것이 마지막이었다. 8월 5일 01시 50분에 떠나가셨다고 하니 그렇게라도 뵐 수 있었던 것이 많은 위로가 된다.

침묵

6일 입관식에는 곱게 수의를 입으신 선생님의 머리에 손을 얹고 작별인사를 했다. 그리고 8월 9일 오전 10시, 성공회 대강당의 영결미사와 천안시 광덕면 선영에 모실 때까지 선생님을 선생님답게 보내드려야 된다는 생각으로 뛰어다녔다.

정작 그 일은 투병하시던 동안 계속된 긴장감의 연속이다. 소화가 잘되지 않는다는 데에서 시작되어 구체적인 병명이 나타난 2003년 가을부터 어머니의 치맛자락을 붙잡고 따라다니는 아이처럼 선생님의 주변에서 맴돌았다. 중환자실에 들어가는 어려운 고비를 여러 번 넘기시며 모두 댁에서 쉬기를 바라고 권했지만, 현장에서 순직하기를 결심한 듯 한국수필가협회 사무실에 나와서 자리를 지키셨다. 공식적인 자리에서 마지막으로 뵌 날이 해외문학상 시상식이 있었던 6월 24일이다. 그리고 7월 4일에 수십 년 생활하시던 곳을 떠나 입원을 하신 후 정릉의 그 집으로 다시는 들어가시지 못했다.

문학의 스승인 선생님께서 세상살이 끝내고 하늘로 가시면, 이렇게 선생님을 추모하는 글을 쓰게 될까 봐, 눈물이 앞을 가려서 도저히 쓸 수 없을 것이라는 생각으로, 몇 년 전 「사람의 아름다움」 (한국수필)이라고 선생님과의 관계를 수필로 남긴 적이 있다. 그 글의 마지막 부분이다.

"선생님께 수필을 배워서만 선생님이 아니라 사람 보는 눈을 가르쳐 주시기에 스승이다. 그것은 다른 인생을 보게 하기에 유익하다. 일일이 말씀을 하지 않고 사람을 그냥 가만히 살피신다. 아무에게도 상처를 주지 않으면서 언제나 해야 할 말은 단호하시다. 문학은 수많은 낯섦에 대한 도전이지만, 인생은 그 낯섦을 감싸 안는 것이란 생각을 가지게끔 배웠다. 그래서 선생님 곁에 있으면 편안하다. 그렇게 내 문학의 고향에는 사람의 아름다움을 느끼게 하는 좋은 수필과도 같은 분이 계신다."

조경희 한국수필가협회 이사장님을 모두 거목이라고 한다. 나무를 좋아하는 나도 그 말에 수긍한다. 나무는 한자리에 우뚝 서서 온갖 풍상을 겪으면서도 묵묵히 가지를 뻗어 새잎을 무성히 돋아내고 많은 열매를 맺는다. 선생님을 뵌 지 25년의 세월 동안 그 넓은 그늘에 서면 편안했다.

선생님께 수필 특강을 들으며 숙제로 쓴 「하늘」이 1982년 『한국수필』에 초회 추천이 되었고, 너무 놀라서 정신을 놓고 있다가 1984년에 다시 정신을 차리고 쓴 수필 「우물」로 추천완료를 해 주셨다.

그때 한국예술문화단체총연합회 회장으로 당선이 되셨기에 인사동 입구에 있었던 예총 사무실로 인사를 드리러 갔다. 꽃집에서 국화를 한 아름 사서 안고 들어서자 꽃을 사 왔다며 기뻐하셨다. 그때 사무실에 함께 있던 여러분에게 소개하면서 "살림 사는 사람

침묵

이야." 하셨다. 그 말씀에 모두 웃었지만 내게는 글을 잘 써야 하지만 살림도 잘 살라는 뜻으로 다가와 어느 경우에도 가정을 우선으로 해야 한다는 지침으로 여겨왔다. 살림을 살다가 문학에 대한 열정을 버릴 수 없어 글을 쓰겠다고 광야 같은 문단으로 용감히 나선 사람에게 선생님께서는 문단에서 처신하는 마음가짐을 먼저 가르쳐 주신 것이다.

집안의 긴 우환을 삶의 한 매듭으로 여기며 담담하게 감당해 올 수 있었던 것도 선생님께서 언제나 깊은 관심을 주신 덕분이다. 최근에 나온 『조경희 수필집』 중에서 수필 「하루하루가 눈물겹도록 감사합니다」를 읽으며, 1994년 뇌졸중으로 쓰러졌던 홍 선생님에 대한 당신의 마음을 다시 확인했다. 내 발등에 떨어진 불이 너무 뜨거워서 주변을 살필 겨를이 없었던지라 홍 선생님의 병문안 한 번 못 했지만, 선생님께서는 잊지 않고 만날 때마다 이 선생의 안부를 꼭 물어보시곤 했다. 비슷한 시기에 병간호의 어려움을 당한 제자에 대해서도 연민의 정을 나누신 것이다. 선생님의 그 수필 마지막 부분을 옮겨본다.

- 나는 간병인을 자처하고 살아왔다. 간병인은 신경이 편한 날이 거의 없는 편이다. 그렇지만 나에게 한 가지 생활의 신조가 있다면 하루하루를 눈물겹도록 감사하며 사는 것이라 하겠다.

선생님께서는 떠나시기 얼마 전까지 식사 때 함께할 기회가 있으면 아름다운 마음으로 서로를 사랑할 수 있도록 기도를 해주셨다. 모든 권위를 버리고 아이처럼 천진하셨다. 그 일을 생각하면 정말 눈물겹도록 감사하다.

　선생님이 계신 근처에 조용히 서 있으면 문단의 어른들에게 인사를 시키셨고, 어떤 때는 전화를 걸게 하시고, 간단한 심부름을 시키셨다. 언제나 너무 조심스러워서 내 숨소리가 스스로 들릴 지경으로 긴장했었다. 그러면서 조금씩 문학인으로의 생각과 모습을 다듬어 왔다.

　생각해 보니 선생님께서 앉으라 하실 때까지 심정적으로 늘 서 있었는데 그 세월이 무척 길었다. 아마 1999년도 제18회 한국수필문학상을 받은 후부터는 간이 커져서 가끔 선생님께 초보적인 농담도 건넬 수 있었다.

　그렇게 예총회장을 지내고 예술의 전당 이사장을 역임해선지 선생님이 가지신 예술 각 분야에서 전문가 이상의 해박한 지식이 놀라웠다. 선생님께서는 문학과 연관된 다른 장르와의 관계를 강조하셨다. 예술 전반에 관한 관심을 가져 문학적인 영감을 받으라고 하셨다.

　글을 쓰는 사람은 늘 공부를 해야 하는 기본적인 자세를 규명해 주셨다. 지식인의 참된 모습은 내 것만 소중히 여겨 주장할 것이 아니라 남이 하는 일을 존중하고 이해해야 한다는 것이다. 그 넓은 열정을 배우고 싶어서 노력을 많이 했다.

한국수필가협회에서 매년 행하는 해외심포지엄의 참가도 그렇게 선생님의 깊은 관심으로 이루어졌다. 건강 때문에 당신께서 움직일 수 없었던 2003년 제9회 파리 심포지엄 때부터 참석하라고 강요하셨다. 마침 여정 중에 베니스 비엔날레가 열리고 있으니 그것도 잘 살펴보라고 하셨다. 평생 다양한 단체에서 활동하신 세계화된 시선으로 어리게만 보이는 제자에게 공부할 기회를 주신 것이다.

다음 해 몽골의 심포지엄도 참석하라고 하셨지만 많은 회원이 참여했던지라 사양했다. 그리고 올봄 일본 요코하마에서 있었던 제11회 해외심포지엄에도 등을 떠미셨다.

"많이 배우고 와"

그 배우라는 말의 진정한 대상은 무엇이었을까. 다른 나라의 앞선 문화일까, 문학인으로서의 기본적인 지식의 섭렵을 원하신 것인가. 밖으로 나갈 때마다 눈을 부릅떴다. 그러나 그 모든 것보다 선생님의 무심한 듯한 말씀 한마디가 문단 생활과 인생살이에 더 유익했다.

2005년 4월 하순 어느 날, 사무실에서의 일이다. 어떤 사람이 성

가신 일을 벌여 모두 기분이 좋지 못했다. 그 사람에 관한 여러 가지 이야기를 들으시더니 그런 사람도 사는 데 필요할 때가 있다면서 "나쁜 사람은 밥을 배불리 먹고 소화를 시킬 때 씹으면 재미있다"라고 하셨다.

답답하던 마음이 갑자기 유쾌해졌다. 그곳에 있던 모두가 크게 웃으며 우울하던 감정들이 일단 수습되었다. 앞서 있는 사람의 넉넉한 배포를 나타내시는 말씀이었다. 손해를 입히는 사람이든 이익을 주는 사람이든, 누구나 다 포용할 수 있는 큰 그릇이 되라는 뜻으로 들었다.

또 선생님께서는 큰 나무 밑에서는 작은 나무가 마음껏 자라날 수 없다는 것도 가르치셨다. 당신에게 유익한 사람이라고 곁에 붙잡아 두지 않으셨다. 오면 반갑게 맞으시고, 누구든 떠나가도 가서 잘되기를 바라셨다.

선생님의 편안한 그늘이 좋아서 그 밑에 머물러 있기를 원했지만 이제 우리의 만난 세월이 길어지니 그 그늘을 거두신다.

맨머리로 땡볕에 나가서는 조바심이다. 현기증으로 쓰러지지 않을까 조심하면서 한 걸음씩 내디딜 준비를 한다.

선생님의 "좋은 글 많이 쓰고 멋지게 살아" 하시던 말씀을 든든한 무기로 삼는다. 우리나라 문화예술계의 큰 스승이신 선생님을 따라서 멋지게 살아낼 것이라는 희망을 품는다. (2005년)

침묵

정령들의 춤

하루쯤 복사꽃 나무 밑에서 놀고 싶었다. 화사한 꽃은 이미 져버렸고, 정을 나눌 친구들과 따로 약속한 바도 없어 계절 따라 죽간사에 모여서 놀던 옛날 선비들이 부러웠다.

부러움을 숨긴 채 놀다 올 것이라 하고 집을 나섰다. 지나쳐 가는 사람들이 바삐 움직여도 대처 구경 나온 산골 사람은 어슬렁거리며 걸음이 느려진다.

무르익은 햇볕에 나무의 새순은 초록이 짙어간다. 가로수를 감싸고 있는 공기도 나뭇잎에서 놀기로 작정했는지 푸른빛이 배었다.

축하객으로 참석했던 결혼식도 축제 같다. 새 가정을 이루는 두 젊은이의 활짝 피어 있는 모습이 눈부시다. 반갑게도 다음의 장소로 이동할 때는 함께 움직이는 일행이 생겼다. 같은 시대에 살면서, 글을 쓴다는 직업이 같으니 오늘 하루만은 정약용의 친구가 되어 그의 집, 대나무 정자에서 열리는 시 모임에 참석한 것이나 다름없는 것이라며 흥겨움이 앞서간다.

전철을 타고, 택시를 갈아타면서 천천히 이동했는데도 출판문화회관 4층 행사장은 시간이 일러선지 아직 모인 사람이 적다.

실내를 서성거리다가 무심히 내다본 창문 밖으로 이상한 광경이 있다. 나무들이 줄을 지어 누워있는 것이다. 큰 나무들이 우람한 몸집에 다리가 아팠던 모양인가, 담 쪽으로 서 있던 자리를 밑으로 하여 나란히 누워서 쉬고 있다. 그런데 자세히 보니 눕힌 모양대로 일정한 간격을 지어 토막으로 잘려있다.

지난가을, 잎들이 아직 떨어지지 않았을 때 베인 모양이었다. 가지 주변에 누런 잎들이 널려 있다. 겨울나무의 모습을 나무가 앙상한 뼈를 드러내었다고 했지만 그렇게 누워서 토막이 된 채 말라가는 나무는 처음 본다. 생명을 잃은 인간의 살이 빠지고 뼈만 남은 형상이 꼭 저렇겠구나 싶었다.

저편에 아직도 큰 나무들이 서 있지만, 인적이 끊긴 지 오래된 공원 같다. 영화에서 보던 장면, 벤허가 오랜 노예 생활을 접고 고향으로 돌아와 허물어지고 황량하여 스산한 바람만 지나가던 옛집의 정원을 대하고 있는 느낌이 들었다. 그곳에 살던 사람들의 웃음은 사라져 없고, 햇살도 지나가 죽음의 기운만 가득했다.

어째서 큰 나무들을 도마 위에 무 잘라놓듯 베어놓고 저렇게 버려두고 있을까. 나무는 누워서 편히 쉬고 있는 듯 보이지만 나무에서 살던 정령들은 갈 곳을 찾지 못하고 공중에 떠돌고 있다.

살고 죽는 것에 걱정이 없는 아이처럼 무심히 놀고 싶었던 마음에 금이 간다. 서너 시간이 지났는데도 빠진 기운이 되살아나지 않은 채 인사동을 걸었다.

안국역이 가까운 북인사로 스테이지 곁을 지날 때, 널어놓은 춤판을 만났다. 흥겹게 놀고 싶다는 미진함이 아직 남아있어 얼른 자리를 잡고 앉았다.

마침 이어지는 순서는 거리 춤이다. 처음 대하는 비보이들의 현란한 몸동작에 저절로 입이 벌어진다. 그런데 저편 건너에 앉아서 박자를 맞추어 손뼉을 치던 중년의 여인이 천천히 일어섰다. 아주 느리게, 팔을 올릴까, 말까 서서히 변화되는 동작이 극히 절제되어 있다. 움직이는 것도 아니고 멈추는 것도 아닌 고도의 완숙된 춤사위다. 보일 듯 말 듯한 입가의 미소는 몸과 함께 너울거리는 영혼의 합일을 만족해하는 표시다.

어느새 따라왔던가, 베어진 채 널브러져 있던 나무의 정령들이 여인의 춤사위에 숨어들었다. 살아서 움직이고 싶다는 간절한 갈망이 어두움 속으로 스멀스멀 번져간다. 얽힌 한을 풀어 버리면 마음이 가는 대로 떠날 수 있고, 그러면 더 자유롭게 높이 날아갈 수 있을 것이다. 그의 움직임을 따라 금이 간 마음도 움직이니 아련한 통증이 일어난다. 정신에 얽혀 있던 근심의 굴레가 서서히 풀려나가는 듯하다.

작은 몸에 생명의 기운을 가득 담아 길 잃은 영혼까지 감싸 안은 여인은 제주 향토 인간문화재 3호인 박경숙 여사다. 지금 그의 전통춤 전수원에서 주최하는 '한라의 솔바람' 판에 우연히 끼어들었다. 판이 무르익으니 시루떡 그릇도 돌아다닌다. 흥겨운 잔치에 먹을 것이 없으면 섭섭하지!

로봇처럼 절도 있게 관절을 제멋대로 움직이는 젊은이들의 춤과 우리 전통춤 사위가 묘하게 어울린다. 가슴은 방망이질로 뛰고, 어깨는 흥에 겨워 들썩이는데 머리는 긴장으로 싸늘하게 식는다.

생명을 잃은 것의 정지된 기운이 산 것을 긴장시키지만, 그래도 살아있는 것은 움직인다. 움직일 수 있는 생명은 어울려야 된다. 정신과 육신이 함께 그 생명의 찬란함을 누려야 한다. 정해진 공간이 따로 없어도, 이름을 지어 모인 친구들이 없어도 마음을 따라온 온갖 생명의 근원인 정령들과의 놀음이다.

질펀한 춤마당에서 한바탕 신명을 풀어놓고 녹진거리는 몸으로 돌아온다. 하루의 축제를 접고 새로운 부활을 기다리는 나무처럼 편안히 눕는다. (2007년)

침묵

식구

점심시간이 훨씬 지나서 들어온 식구가 시장하다 하여 밥상을 차려야 되는데 남은 밥이 없다. 비상용으로 얼려놓은 밥이 있는가, 냉동실을 뒤져봐도 보이지 않는다. 낭패다 싶지만, 곧 저녁을 먹을 것이니 간식 정도로 생각하여 간단히 먹을거리를 챙겨주었다.

식구는 같은 집에 살며 끼니를 함께 하는 사람인데 그 식구에게 줄 밥이 없어 마음이 불편하니 밥 때문에 곤혹스러웠던 일이 생각난다.

신혼 때, 남편이 저녁을 먹고 들어온다 했지만, 가장의 밥그릇은 비워두기 싫어서 반쯤만 담아 두었다. 그런데 느닷없이 길에서 만났다며 친구까지 데리고 밥때가 지난 후에 들어왔다. 혼자라면 작아도 있는 밥과 상에 김치만 얹어주거나 라면을 끓여 주면 될 것인데, 눈이 무서운 남의 식구가 있으니 여간 긴장되는 것이 아니었다.

주부의 체면은 지켜야겠기에 새로 반찬을 만든다며 한 시간이나 꼼지락거리다가 상을 내어놓았다. 얼마나 시장했던가, 몇 분 만에 먹어 치워버렸다. 밥 두어 수저를 먹이려고 들인 시간이 아까워서 허망하기까지 했다. 어찌나 얼굴이 뜨겁던지 상머리에 앉아서 자기는 저녁을 먹었다며 이 집 반찬이 무엇인가, 농담을 늘어놓는 남편의 친구는 평생 보고 싶지 않았다. 한편으로는 반 그릇밖에 없는 주인의 밥을 축내지 않으려고 그도 고픈 배를 참았던 게 아닌가 싶기도 하다. 그게 진실이라면 지금이라도 정중히 초대해서 밥 한 그릇 대접해야 할 듯하다.

사실 식사를 하는 중에 오는 손님이 가장 민망하다. 먹을 것이 흔하지 않았던 때, 집안으로 들어오는 사람에게 어른들은 먹던 숟가락 슬쩍 닦아서 남은 밥을 밀어주었다. 그렇게 한술 뜨는 것으로 시장기를 달래면서 나누어 먹는 일을 쉽고 당연하게 생각했다.

부잣집 맏며느리답게 풍채마저 넉넉한 친구 어머니는 누가 얼찐거리면 밥상을 차려서 내밀었다. 집에서 먹을 수 없던 특별한 반찬도 맛이 있었지만 언제나 먹을거리가 풍부하여 그 친구 집에는 사람들이 많았다. 먹어도 금방 배가 꺼져 늘 허기가 지던 때라 우리는 핑계만 있으면 친구네 집으로 가서 부엌 쪽을 기웃거렸다.

아이들이 한창 자랄 때, 어느 집에 가서 밥 한 끼를 맛있게 먹고 왔다면 그 집에 대한 인상을 좋게 가져 나중에 섭섭한 일이 생겨도 모른 척했다.

가끔 마음의 상처로 인해 입맛이 쓸 때, 피로가 겹쳐 무엇을 먹어도 나무토막 씹는 듯할 때, 이웃에서 챙겨주는 음식으로 기운을 차리기도 했다. 내 손으로는 못 먹지만 남이 차려 주는 음식은 그래도 넘어간다. 그렇게 나누어 먹는 밥 한 그릇의 의미는 깊다. 그런 무관한 이가 곁에 있다는 것은 밥 한 그릇을 언제나 비축해 두는 것과 마찬가지다.

배불리 먹은 한 그릇 밥에 대한 좋은 기억으로 나도 나중에 직접 살림을 살게 되면 이웃에게는 물론 지나가는 사람들에게도 밥을 먹일 것이라는 생각을 가졌다. 밥에 의지하여 사는 사람이라면 마땅히 내 배만 부르면 되는 것이 아니라 배가 부르기 전에 남의 배고픔을 생각하자는 다짐이었다.

그렇지만 이웃들이 어려움에 부닥쳐도 선뜻 나서지 못하고 있다. 아프리카 어느 나라의 아이들이 먹을 것이 없어 제대로 자라나지 못한다며, 천 원짜리 한 장이면 그들에게 우유를 몇 잔 줄 수 있다지만 막상 어떻게 해야 하는지 모른다. 생각만 있을 뿐 마음먹은 대로 실천이 되지 않는 것이다.

그저 내 식구, 내 피붙이에 대해 끈끈함만 더해간다. 가끔 어릴 적에 즐겨 먹었던 음식을 만들게 되면 친정 식구들이 생각난다. 언니는 이 음식을 좋아하고, 동생은 저것을 잘 먹었는데⋯. 불러 먹이고 싶어진다. 그들을 생각하면 밥을 잘 먹다가도 괜히 목이 멘다. 모두 자신들의 가정을 이루어 남의 식구로 살고 있으나 함께 나누었던 수많은 밥상에 대한 기억은 생각할수록 따뜻하다.

온 세계에 사는 모든 사람이 내 식구라는 인식은 불가능한 것인지, 사람답게 사는 것에 인색한 것은 슬픈 일이다. (2007년)

침묵

먹[黑] 번지다

첫 번째 방문을 일본 건국신화를 간직한 시마네현의 이즈모에서 시작했다. 자연의 무지개색이 모두 숨어버린 듯 수묵화 같은 한겨울이었다.

가장 규모가 크고, 권위 있는 신사라는 이즈모타이샤出雲大社에 먼저 갔다. 신사 상징물인 입구를 지나자 처음 눈에 들어온 것은 흰색으로 변한 큰 나무 기둥과 나무줄기 밑 부분에서 흩날리고 있는 길고도 하얀 종이들이었다. 줄을 지어 선 나무들은 기원을 담은 흰색 종이꽃을 달고 있었다.

해마다 음력 10월이 되면 일본의 모든 신이 모여서 회의를 한다는 장소답게 크고 육중한 건물은 바랜 빛깔 속에 긴 세월을 품고 있어 편히 상대하기가 어려웠다. 지붕 꼭대기에 가위표로 걸쳐진 나무장식이 일종의 암호처럼 눈에 거슬렸고, 검정 지붕의 처마는 길고 두꺼워 곧 내려앉을 듯 무거웠다. 숲 사이에 서 있는 작고 낡은 건물은 햇볕을 전혀 받지 못한 듯 어두운 습기를 머금고 있어 문득 무서워졌다.

이웃 도시인 마쓰에松江로 옮긴 후에 짐을 풀어놓고 무사촌을 구경했다. 긴 담벼락은 견고한 성이었고, 검정 나무문을 통하여 집 안으로 들어가니 흰색 벽이 나무의 색과 어울려 단아함 그 자체였다. 그러나 집의 구조는 직접 대하는 시선을 최대한으로 막아 음침한 미로를 걷는 듯 무서웠다.

시내 한쪽 언덕에 있는 전통찻집 명명암에 올라갔다. 여러 채의 작은 건물과 내부의 장식은 극도로 절제되어 아름다웠다. 흰색의 작은 돌들이 물결 지어 있는 정원 끝에 섰다. 시선이 곧장 향하는 건너편 숲속에 마쓰에 성이 숨어 있었고, 무사저택의 회색 지붕들이 무성한 나무 사이로 내려보였다.

그 후로 나에게 입력된 일본의 색깔은 검정빛에 가까운 무채색이 되었다. 못된 버릇도 생겼다. 거부감이 드는 대상은 무조건 색깔을 입히지 않았다. 하얗게 바래도록 기억에서 밀어버리거나 검정으로 그 존재를 덮어 버렸다.

다시 일본을 방문했다.

일행이 타고 있는 버스가 오사카 시내로 들어서는데 차창으로 내다보고 있는 눈에 자전거를 탄 여자가 지나간다. 오른손으로 핸

들을 잡고, 왼편에는 작은 검정 양산을 들고 있는 모습이다. 자전거가 시야에서 벗어날 때까지 따라갔다. 얼마 후 비슷한 모습의 자전거족을 다시 만났다. 그 여자도 역시 검정 양산을 들고 자전거 페달을 열심히 밟으며 지나갔다. 그다음부터는 자전거와 양산에만 관심이 쏠렸다.

오사카, 교토, 나라, 고베에서 머무는 사흘 동안 검정 양산에 대한 이미지가 점점 두께를 더하여 고정관념으로 변한다. 단 두 사람만이 흰색 양산을 들었을 뿐 여자들 대부분이 검은색 양산으로 햇볕을 가렸다. 그들은 왜 검은색 양산을 쓰고 다닐까.

그런데 생각이 확산하여 가면서 이미지의 결론은 검정이 아니라 무채색이다. 무채색은 이미 오래전 일본을 방문했을 때부터 그 나라의 색깔로 머리에 입력이 되어 있다. 엽서 그림에서 무사들은 회색과 검정으로 표현되었다. 여러 번 구경한 무사촌도 검정과 검정에 가까운 잿빛으로 무거웠다. 그들의 역사는 햇살이 비치지 않는 곳에서 이루어지는 음침한 뒷방 정치의 부산물로 생각되었다.

처음 대하는 고도古都 교토와 나라의 도시 색깔도 무채색으로 어둡다. 어두움이 마음을 닫으니 입도 닫힌다. '나는 이곳에 서 있는 역사의 유물이니 먼 곳에서 찾아온 당신들은 나를 말없이 보고만 있어라.' 한다. 왜 말을 하지 못하는가는 자신들의 짧은 역사를 의식하거나 혹은 중국이나 고구려, 백제로부터 전수한 문화를 가리기 위해서인가. 역사를 자신들에게 유리하도록 왜곡하는 그들의 어설픈 자존심을 본다. 또 많은 외국의 문물을 받아들여서 자신들의 것으로 치장했기에 알록달록한 색깔을 띨 수밖에 없는 모방의 흔적 때문이다. 그 모든 가벼움을 남아있는 문화재들이 지닌 농도 짙은 검정으로 희석해 주기를 바라는 듯했다. 입을 막기 위해서 그들은 최대한으로 몸을 낮추며 친절하다. 그리고 무수한 신사를 지어 필요한 힘을 신께 빌고 있다.

금각사의 삼층 건물 중 맨 아래층은 금박을 입히지 않았다. 그것은 무사를 뜻한다고 가이드는 설명했다. 실제로 대하니 연못 저쪽에 있는 삼층 건물 아래층 중심부는 검은빛으로 무게를 잡고 있었다.

동대사 금당東大寺 金堂인 국보 대불전大佛殿은 더 많은 검정으로 사람을 눌렀다. 세계에서 가장 큰 목조건물에 그 크기만큼 높고 긴 문이 달렸다. 문 앞에 서 있는 유치원생들이 개미처럼 작게 여겨진다. 문득 바티칸의 성 베드로 성당으로 들어가는 다섯 개의 문들도 그보다 작았을 것이라는 생각과 함께 로마 유적이 떠오른다. 마침 비가 내린 '포로 로마노'에 굴러 있는 고대 로마의 자취도 회색이었다. 로마도 군대의 나라이다. 돌로 만든 수많은 개선문을 자랑스럽게 세우고 있다.

칼이 지배하던 시대의 배경은 무채색이다. 이웃 영지를 침략하여 영토를 넓힐 수밖에 없었던 시대이다. 오사카성은 돌로 쌓은 모서리가 칼처럼 날이 섰다.

일행이 천수각으로 올라간 후 긴 시간 정원에 앉아서 성을 쌓은 커다란 돌에 대해서 생각했다. 돌들은 몸과 몸을 맞대어 껴안고 긴 세월을 그곳에 있었다. 내가 만나고 있는 것과는 농도가 다른 무채색으로 그렇게 찾아오는 사람들에게 몸을 보인다.

일본이라는 나라에 대한 색깔의 이미지에 몰두해 있어서 그런지 L 선생께서 쓴 검정 작은 양산이 눈에 들어왔다. 함께 양산으로 햇살을 가리며 비로소 역사의 그늘로 들게 되었다. 일본의 골수에 박혀있는 무채색의 기운이 몸으로 스며들어 함께 돌이 되고 그 돌조각은 날카로운 칼로 변했다. 그동안 지니고 있던 이웃 나라에 대한 온갖 망령이 돌칼에 잘려 떠돈다. 일본을 거부하던 개인의 역사도 다시 새로운 과정을 지나고 있다. (2008년)

천천히 걸어가는 길

사람들은 세월의 흐름에 머물다가 낡아가는 세월 속으로 사라진다. 삶과 죽음의 길이 함께 있어 그 길을 따라 걷다가 어느 날 걸음을 멈춘다.

그렇게 걷던 걸음을 멈추고 하늘로 돌아가는 수필 문단의 원로를 배웅하기 위해서 여럿이 함께 움직였다. 길을 느릿느릿 걷다가 뒤에서 오는 사람이 너무 처지면 기다렸다가 뭉치고, 다시 흩어졌다가 모이며 일행을 확인하는 일로 시간을 많이 소비했다. 하늘로 가는 길이 먼 탓으로 배웅이 힘든 것도 원인이 되겠지만 우리가 같은 생각을 가지고 모인 것이 20년 세월을 넘겼기 때문이다. 모두 노년으로 접어들어 몸의 움직임이 원활하지 않다.

지금까지 인연을 맺어 살아온 일에도 그랬다. 빨리 걷는 사람도, 늦게 걷는 사람도 일행이기에 모임에서 보이지 않으면 궁금했고, 건강에 이상이 생기면 서로 걱정하면서 안부를 물었던 사사로운

침묵

일들이 따뜻한 인정으로 쌓였다.

사람이 살면서 겪을 일은 참으로 많다. 누구든지 높은 산을 넘고 깊은 물을 건넜다. 그러나 잠시 쉬었다 다시 만날 것이라는 기대에 어긋남이 없이 맑은 얼굴로 나타나 주었기에 각자 힘대로만 걱정했다. 그래서 부담 없는 사이로 유대감이 끈끈해졌다.

그러는 사이에 몇 사람이 먼저 하늘로 돌아가는 황망함을 겪었는데 얼마 전에는 또 한 사람이 우리 곁을 떠났다. 떠남의 충격이 얼마나 컸던지 살아있다는 것이 욕심 같아서 견디기 어려웠다. 그 슬픔이 아직도 남아있어선지 영안실에 도착하여 원로 선생의 영정을 대하자 서러움이 북받쳤다.

나대로 계획이 있어 앞만 보고 걸어가는데 그 길을 막아버리는 일을 겪을 때마다 무슨 경우인지 황당했는데 나중에 알고 보니 시샘을 부리는 사람들 뒤에 그림자처럼 계셨다. 세월과 함께 섭섭했던 마음은 풀어졌지만 갚지 못한 억울함은 아직 없어지지 않았나 보다.

문상을 위해서 광주에서 다녀간 최 선생은 내 근황을 전해 듣고 "많이 걸으소, 온몸에 힘을 빼고 무조건 걸으소. '걸음아 나 살려라' 하소." 했다. 그 말을 들으며 두 팔을 죽 늘어뜨리고 걷는 모습이 떠올라 피식 웃었다. 웃음 끝에 가슴이 먹먹해지고 눈시울이 뜨겁다.

1989년 가을에 처음 만나 20년 동안 큰형님 같은 존재로 막막할 때마다 그렇게 용기를 주었다. 그분이 지나는 말처럼 던지는 삶의 지혜가 언제나 정신을 번쩍 차리게 해서 효험이 많은 보약을 먹은 것처럼 든든했다.

　최 선생과의 세월 속에 《무등수필》도 함께 했다. 잊은 듯 있으면 해마다 한 권씩 책이 배달되었다. 남도 분들의 인정 넘치는 끈끈한 수필을 읽으면서 욕심이 많은 사람들로 인하여 날이 섰던 마음도 차츰 뭉그러졌다. 이제 20호를 발간한다니 말할 수 없이 기쁘다. 그 긴 세월을 함께 어울려 온 걸음에 아직도 상대에 대한 호기심이 가득하다. (2009년)

퇴계원을 지나며

　남양주시 별내면에서는 요즘 도로변에 가림막을 쳐놓고 그 속에서 택지조성 공사가 한창이다. 첨단 시설을 갖춘 새로운 도시가 생긴다는 낭보는 거주민으로서 우선 교통이 편리해진다는 면에서 환영할 만하다. 신문에 넣어주는 광고지를 읽어보면 몇 년 내로 별내면은 별천지가 된다. 기득자의 자세로 많은 원고료가 보장된 손꼽히는 잡지에서 원고 청탁을 받아 초고가 끝난 두근거림으로 지내고 있다.

　칠 년 전 퇴계원을 지나 의정부 옆 동네로 이사 간다고 했을 때, 북쪽 땅 함흥으로 떠나는 태조의 마음이었다. 이사 갈 집을 보기 위해서 수도권의 시작인 검문소삼거리, 화접 건널목을 지나서도 한적한 시골길을 달릴 때, "너무 멀다."를 되풀이하며 조바심을 냈다. 생각해 보면 서울특별시민으로서 살 때 특별히 받은 혜택이 없는데도, 모든 권리를 버리고 낯선 곳으로 귀양을 가듯 심란했기에 마음을 진정시킬 것들이 필요했다.

처음, 거주지에 따라 교회를 옮겼다던 이웃 사람이 왕복 세 시간이 걸려 예배를 드리러 간다고 하자 놀라는 표정 속에서 '언제까지 계속될 것인가'라는 내심을 숨기지 않고 드러냈다. 예배드리는 일 외에도 고집처럼 핑계를 만들어서 집을 나섰다.

서울로 가기 위해서 이용하는 시외버스는 퇴계원을 지난다. 서울에서 퇴거명령을 받은 듯한 기분이 들어 퇴계원의 '퇴' 자가 싫었다. 퇴물, 퇴학, 퇴임 등 얼마나 심란한 단어들인가. 더구나 면내 중앙에 놓인 이 차선 도로는 양편 골목에서 나오는 차들까지 껴안아 보내기에 자주 막혀 통과하기가 어렵다. 퇴계원은 얼른 지나치는 동네였다.

그런데 오랜 시간을 버스 속에 앉아 있으니 심심하여선지 관심을 두지 않던 주변이 눈에 들어오기 시작했다. 시절이 어수선하여 사는 일이 어려워지자 길 양편 작은 가게의 간판들은 자주 바뀌었지만 '퇴계원 산대놀이' 공연안내 현수막은 단오절이면 해를 거르지 않고 내걸려 반가웠다. 전통을 소중히 여기는 사람들이 사는 동네라는 인식이 들었다.

새 학기에는 버스를 타고 등교하는 신입생 동생에게 버스 타는 법을 가르쳐주는 형제도 볼 수 있고, 먹던 옥수수자루를 뚝 잘라서 기사 양반에게 주는 인심도 만날 수 있었다. 그렇게 만나는 풍경들은 따스한 기운을 주어 기름 냄새가 짙게 나서 내장이 흔들리는 멀미도 이겨낼 수 있었다.

해가 갈수록 시골에 사는 사람의 정신으로 바뀌어 되도록 시외 버스에 어울리는 차림으로 나서고, 자연스럽게 농사짓는 아주머니들의 물건을 사 넣은 구겨진 검정비닐 봉지를 들고 다니게 되었다.

어느 때부터 봄이면 길옆 과수원의 배꽃이 피어나고, 좁은 골목 입구에 백일홍이 피어나던 그곳이 조금씩 변하기 시작했다. 퇴계원 다리 바로 옆에 넓은 인도가 딸린 3차선 다리를 새로 만들었다.

그곳을 개통한 후에는 옛날 다리를 허물고 같은 모양으로 나란히 붙여 세웠다. 넓어진 다리와 연결되는 43번 도로는 동창마을까지를 확장하는 공사가 진행되고 있다.

근래 일 년여 동안 매일이다시피 그 길을 지나면서 길가에 붉은 삼각 깃발이 꽂힐 때부터 도로가 번듯하게 모양을 갖추어 가는 지금까지 공사과정을 살펴왔다. 중앙분리대를 갖춘 대로가 생기고 있다. 조선시대에는 강원도, 황해도 멀리에서 한양까지 직통으로 이어지는 교통의 요충지이며, 물건과 상인으로 번창하던 퇴계원이 이제 예전의 번성을 다시 이룰 것인가 궁금하다.

또 퇴계원역으로 경춘선이 통과하니 건널목 앞에 서서 기차를 지나 보낼 때도 있다. 그런 때는 주로 이용하는 '퇴계원 1 건널목'에 있는 퇴계원 사거리가 사방에서 몰려와 멈춰 있는 차들로 번화가처럼 되어 버린다. 땡땡땡 종소리를 듣는 그 잠깐의 시간이 표현하기 어려운 즐거움을 준다.

경춘선 기찻길을 복선으로 바꾸기 위해서 기찻길을 높이 올리는 공사도 오랫동안 해왔다. 지난 9월 말경 퇴계원 다리 앞에서 신호를 기다리며 멀리 바라보니 높이 새로 난 길로 막 기차가 지나고 있었다. 드디어 땅 위로 달려가던 기찻길을 막아버리고 건널목이 없어졌다. 받침목을 걷어내고 철로를 들어낸 자국이 철길 자갈 속에 남았다. 버스를 타고 그 광경을 보며 역사의 현장에 있는 듯 감회가 번진다.

눈길을 주기 시작하여 마음에 자리가 잡힌 우리 별내면과 이웃 동네 퇴계원이 어떤 모습으로 발전되든지, 설렘으로 쓰기 시작한 원고는 마음에 맞추어 저절로 퇴고가 이루어진다. (2009년)

침묵

아버지들 이야기

지난 연말에 L 선생께서 우리 교회에 오셨다. 우리나라 최고의 석학이신 선생을 본 교회에서 뵐 수 있음은 기대 이상의 즐거움이 되었다. 들려주는 말씀을 빠뜨리지 않기 위해서 메모지와 볼펜을 챙겨 들고 일찍 본당에 들어가서 앉았다.

선생의 책을 읽으며 독자로서 존경해 왔기에 그간 궁금했던 점에 대해 이해의 실마리를 찾게 되어 기뻤고, 무신론자가 하나님을 인정하고 신앙을 접하는 과정은 충분한 감동을 주었다.

특정 종교를 가진 사람의 편견이라 해도 할 수 없지만 아무리 높은 지성을 가졌다 해도 하나님을 알지 못하는 지식은 불안정하다고 생각해왔기 때문이다.

내가 어릴 적부터 읽어온 성경을 선생께서도 정신을 담아 읽는다는 것에 저절로 웃음이 나올 만큼 흐뭇한 마음이 들었다.

먼저 시 「무신론자의 기도」를 쓸 수밖에 없었던 정신적 외로움을 시작으로 이야기를 풀어나갔다. 나이가 들어 살아온 자취를 정리해야 하는 거역할 수 없는 상황을 인식하면서 느끼게 된 절대고독 속에서 이미 선생의 내면에 보이지 않는 손길이 움직이기 시작했다.

그런 때 암으로 투병했던 딸이 각막마저 찢어져 눈이 점점 멀어져 간다는 이야기를 들었다. 공부를 아주 잘했고, 자기 일을 당당히 감당하여 자랑스러웠던 딸이 얼마 후에는 아버지의 얼굴을 보지 못하게 된다는 것이다. 사랑하는 딸의 불행을 듣는 아버지의 마음은 천 갈래 만 갈래가 되었을 터이다.

그때 선생의 따님은 과잉행동 장애가 있는 아들로 인하여 그것을 치료하며 공부할 수 있는 학교를 찾아 하와이에 거주하고 있었다. 더 늦기 전에 딸의 모습을 직접 보며 또 보여주기 위해서 아버지는 하와이로 갔다.

딸은 자신이 아들로 인하여 아파하는 그 이상으로, 당당하던 아버지가 자기로 인하여 아파하는 모습이 안타까웠다. 아버지를 위로할 방법으로 봉사하고 있는 원주민 교회로 모시고 갔다. 전능자의 능력이 자식의 마음속에 사랑으로 머물러 그 사랑이 이웃에게 전달되고 있는 현장에서 아버지는 감동하였다.

그렇지만 아버지는 딸을 위해서 아버지로서 무슨 방법이든 찾아내고 싶었다. 서울로 데려와서 다시 검사를 받게 하여 각막에 이상이 없다는 결과를 얻었다. 의사의 오진이든지 영어로 전해 들었던 검사소견에 대한 오판이 있었든지, 아버지는 눈이 멀어질 걱정은 없다고 좋아하는 딸에게 더 완전한 행복을 주고 싶었다.

"내가 이제 세례를 받을 것이다."

아버지의 계획대로 딸은 진심으로 환영하고 기뻐했다. 아버지는 딸에게 완벽한 행복을 주기 위해서 오래 간직해 온 정신적 신념을 무너뜨렸고, 딸은 아버지의 영혼을 위해서 간절히 기도했다.

내가 믿고 있는 하나님 아버지께서는 하나뿐인 아들, 예수를 십자가에 달리게 했다. 그런 아들의 모습을 똑바로 볼 수 있는 아버지는 없다. 아들까지 희생시키면서 인간을 사랑하신 분이라 믿어 왔고, 선생께서도 이제 그분을 인정하고 있다.

신앙 간증만으로는 새로이 경험하게 되는 신비로운 감성과 오래 간직했던 이성적 사고의 충돌에 대한 전달이 부족하다는 생각이었는지 "지성은 명징이다."라며 '명징'이라는 단어를 썼다.

최고의 지성이라고 인정받기까지 그분이 감내한 정신의 노동을 짐작하여 지성이 갖는 명백함으로는 도저히 그 내용을 설명할 수 없는 종교적 기적에 대한 완벽한 이해라고 받아들였다.

그것은 올바른 신앙인이 몸부림치며 얻게 되는 과정인데 인간의 말로 표현하기 어려운 하늘의 비밀을 선생께서도 경험하고 순종하게 된 것이다. 드디어 딸을 위해서 하늘을 향해 두 손 번쩍 들었음을 고백하는 현장에서 가슴이 뛰었다.

성경에는 말씀은 살았고 운동력이 있어 좌우에 날 선 어떤 검보다도 예리하여 혼과 영 및 관절과 골수를 찔러 쪼개기까지 하며 또 마음의 생각과 뜻을 감찰한다는 표현이 나온다. 선생도 이제 성경을 한 권의 텍스트로 대하지 않고, 인간이 십자가의 사랑을 알아가는 방법을 적은 진리라고 이해하기 시작한 것이다.

마지막쯤에 선생께서는 당신의 시에 대해서 말했다. 문학이 형성되는 기본적 조건은 인간존재에 대한 절대감이다. 깊은 절대고독 속에서 자신의 정신이 명징하게 투시되기 위해서는 무리를 떠나 머리끝이 아리도록 쓸쓸해질 필요가 있다. 자연과 인간 속에서 자신의 위치가 어느 곳에 있는지, 하나님 앞에 바로 서기 위해서 자신에게 어떤 좋은 점이 있는지, 자신의 약점이 무엇인지, 그것을 깨달았을 때 무신론자는 마음의 고백 같은 한 권의 신앙시집을 낼 수 있었음이라고 여겼다.

"하나님 계약합시다. 우리 딸의 눈이 보이면 내 입과 손으로 하나님을 위해서 살겠습니다." 절규했던 한 아버지를 오래도록 기억할 것이다. (2009년)

기억

노래 부르기

지난밤 꿈속에서 노래를 불렀다. 똑바로 서서 턱을 약간 쳐들고 고개를 끄덕이며 박자를 맞추었다. 소리의 높낮이에 따라 몸이 흔들렸다. 어찌나 정성껏 불렀던지 음악의 진중한 흐름이 잠을 깨어서도 선명하게 남는다.

누워서 부른 노래가 다른 곳으로 가지 않고 머리 뒤편에 다 모여 있었던 모양이다. 아침 내내 뒷머리에서 앞으로 밀리듯 흘러나오는 음률이 저절로 입에서 흥얼거려진다.

방에서 거실로, 거실에서 주방으로, 주방에서 방으로 다니는 걸음에 흥이 실리고 어깨춤까지 곁들여진다. 무슨 노래인지 곡명이 떠오르지 않으니 흥겨운 몸이 시키는 대로 나오는 소리가 도라지 타령이다.

"도라지 도라지 백도라지 심심산천에 백도라지 한두 뿌리만 캐어도~~오~" 이 부분에만 집중이 된다. 수십 년 입에 익은 가사가 묘한 중독성까지 있다.

노래를 좋아하고 잘 부르는 사람이라면 잠결에 노래를 불렀다는 것이 이해가 가지만 절대 음치라서 고민이 많은 사람이 부른 노래에는 의문이 생긴다. 왜 노래를 불렀을까.

마음에 담기는 흥겨움은 생각이 지배하여 눌러놓은 내면의 열정을 건드린다. 사람이 태어날 때 울면서 자기의 존재를 알리는 것은 인생의 험난함을 예고함이라지만 내가 생각하는 사람의 본성은 그게 아니다.

우주 만물 즉 자연의 기본을 긍정이라고 여기면 천지에 녹아 있는 힘은 흥겨움이다. 아름다움에서 솟아나는 기쁨이다. 자연의 일부인 사람에게 닿는 기운마다 긍정의 힘으로 변화되어 움직임에 따라 즐거움이 솟는다. 살아가는 것은 싱싱한 움직임이다.

신체의 모든 부분을 알맞게 움직이며 필요한 힘과 정신의 기운을 얻게 된다. 바람에 날리는 머리카락만으로도 기분은 솟아올라 상쾌해지지 않는가.

때를 가리지 않고 많이 웃는다는 소리를 자주 들었다. 보이는 모든 것이 신기하고 재미있는데 어찌 웃음이 나지 않을 수 있었겠나. 자연에서 얻어낸 흥겨움은 웃음의 밑바탕이었다. 그것은 한없이 이어지는 음률의 행진이 되었다.

만나는 사물마다 넘치는 호기심으로 집중했다. 줄을 이어서 가는 개미의 행렬에도, 다리를 옆으로 벌리고 비질거리며 기어가는 땅강아지에게도, 담 바깥 채소밭에서 만나는 달팽이의 느릿느릿한 흔적과 초록 배추벌레의 움직임에도 박자가 숨었다.

벌이 꿀을 찾아 호박꽃에 들어가면 얼른 꽃을 오므려 잡았다. 벌이 놀라서 왱왱거리는 소리에 같이 놀라 가슴 두근거리고 얼굴이 벌게졌다. 그때는 심하게 두근거리는 박자의 여운이 길어 삭히느라 애를 먹었다.

다른 일거리도 많았다. 채소밭에 물 주기와 잡초 뽑기, 감자 깎기, 콩나물 다듬기, 설거지도 박자를 맞추었다. 할아버지께서 낚시한 물고기 다듬기는 흥미로운 쉼표가 되었다. 그것들로 인해 사물의 형태와 조직을 배우기에 충분했다.

가끔 30분이나 걸어야 하는 밭으로 가서 부추를 잘라오고, 파를 뽑아오고, 배추를 뽑아오는 일에서도 음표 없는 노래가 들렸다. 귀를 가만히 기울이면 바람에 실려 오는 소리가 있었다. 바람이 머금은 자연의 노래, 나무줄기가 흔들리고 잎들이 서로 부딪히며 슬금슬금 자라나는 소리였다. 다른 놀이터가 없었기에 심심하면 가는 곳이 텃밭이었다. 밭에 가서 엎드리면 시간이 가는 줄 모르고 그 다양한 푸성귀의 날마다 달라지는 성장을 보았다.

인성이 형성되어 가는 시기에 만났던 자연 현상은 사고의 확장에 깊은 영향을 주었다. 새롭게 만나는 사물을 주시하면 많은 시간을 들이지 않아도 그것이 내 편인지 아닌지를 알았다. 내 편이라는 말은 서로 대하는 일에 좋은 느낌이 들 수 있는가를 기준으로 하는 것이다.

말을 배우며 우리말의 음률을 함께 이해하게 된 것은 마음에 들어있는 자연의 소리 때문이었다. 순수한 아름다움과 그것에 깃든 행복도 덤으로 따라왔다. 마음에는 항상 평화의 비둘기가 날아다녔다. 사는 것을 그렇게 만으로 결론을 지을 수 있다면 천사이지 땅을 딛고 사는 사람이 아니다.

날이 갈수록 미소는 사라진다. 정을 나누던 사람과 이별을 하고, 하늘로 가는 사람과 슬픔의 눈물을 뚝뚝 떨어뜨리며 작별하고, 쓸 곳은 많은데 부족한 돈으로 고민하고, 나를 미워하는 사람을 같이 미워하고, 그 미움이 싫어서 사람마저 무섭고, 한심해서 찡그려지는 얼굴을 속상해하며 살아간다. 참으로 허망한 일로 일상을 바쁘게 채워간다.

점점 흐려가는 음표에 마음이 닫히는데 왜 노래를 불렀을까. 다행히 잠결에라도 마음을 풀어 놓은 것인지, 그 정신의 넉넉함으로 생기를 얻는다. (2012년)

뇌가 기억하는 아픔

사람의 몸에는 통증을 유발하는 상황이 심각하게 작용하여 지속적인 영향을 주는 모양이다. 뇌의 어느 부분에 입력된 통증은 아픔이 사라져도 계속 그에 대한 기억이 남는다고 한다. 뇌의 그 부작용 탓인지 병에 얽매여 건강한 삶의 즐거움에서 멀어진 사람이 의외로 많다.

결혼 이야기가 나오자 얼굴은 낯설지 않지만, 생활이 낯선 사람과 함께 살아야 하는 일이 걱정되었다. 조심스레 상대의 내심을 타진하였다. 나는 혼자 있는 시간이 많이 필요해. 책을 읽고 글을 써야 해. 나는 소화 기능이 약해서 보리밥을 못 먹어. 그리고 내가 이런 상황일 때, 무심히 지나치지 말고 꼭 이렇게 해주면 좋겠어. 말마다 '나'를 내세우며 주절주절 길게 늘어놓는 나에게 그는 걱정하지 말라며 안심시켰다.

기억

그가 주문한 것은 딱 한 가지뿐이었다. "나보고 아프다 하지 말고 견디기 어려우면 혼자라도 병원에 가. 지금까지 아프다는 소리만 듣고 살아서 그건 싫어." 그 말을 신중히 새겨들어야 했었는데, 살아가는 것이 호기심 천국이어서 심신이 건강했던 사람은 그것쯤은, 하며 지나쳤다.

아들에게 늘 아픔을 호소하던 어머님은 그 대상을 더 자주 보며, 더 마음껏 하소연할 수 있는 며느리에게로 옮겼다. 몰랐다. 그때는 어째서 그토록 말을 들어주는 사람만 대하면 몸이 아파지는가를 정말 몰랐다.

끝까지 참을 것을 입이 방정인지 하늘로 가시기 전, 왜 한마디 했을까. "제가 시집와서 40년이 넘도록 어머님은 저만 보면 아프다고 하셨어요." 망구를 넘긴 분은 어리광처럼 이곳저곳 아프다던 입을 꾹 다물어 버리고 허망한 눈길로 나를 보았다.

이것이 딸이 없는 내가 믿고 의지하는 며느리의 실체인가 황당해하는 품이 역력했다. 너무 놀라서 당신이 하늘로 갈 때 갖고 간다고 누누이 말하던 아들의 병을 챙기는 것을 잊어버렸나 보다.

식성과 말하는 투까지 어머님을 꼭 닮은 아들도 끊임없이 아픔을 호소한다. 본인은 아프다는 이야기가 싫다며 내 입을 단단히 막아놓고 귀만 열리게 장치를 해두었다. 두 귀로 들어온 그의 아픔은 가슴을 휘저어 놓고 배와 엉덩이를 지나 어떤 때는 발가락까지 내려가기도 했다.

　남이 아프다는 소리를 그만 듣고 이제부터는 내가 몸져눕고 싶
다. 갑자기 혼수상태가 되어 삐뽀삐뽀 달리는 구급차에 실리기는
싫고, 멀쩡한 정신으로 병원에 들어가 중한 환자가 되고 싶다.
　그런데 아무리 기다려도 병원 신세를 질 만큼은 아파지지 않는
다. 해가 갈수록 조금씩 무너져 갈 뿐이다. 기력이 다해지니 한숨이
저절로 나온다. 아픈 사람 옆에서 성한 사람이 당연히 시중을 들어
야 한다. 그 버거움으로 내 속을 열어보지 않았지만 아마 어딘가
고장이 났을 것이다.
　사람의 오장마다 81가지의 병이 생길 수 있다고 하니, 죽는 병
하나를 빼고 404가지나 된다는 병을 어찌 피해갈 수 있는가. 아!
복부초음파 검사에서 쓸개의 용종이 발견되었다고 했다. 쓸개가
없어도 사람은 살 수 있고, 새끼를 잃은 어미 원숭이처럼 창자가 끊
어지지는 않았으니 견디고는 있나 보다.

　중학교 졸업 때 무슨 상을 받았다. 부상이 책이었다. 소설집도
시집도 아닌 예절 책이었다. 사람이 사람답게 살아가는 온갖 일에
대해 친절히 가르쳐 주는 책. 어른을 공경하는 법, 가족이나 이웃에
대한 호칭, 남의 집을 방문할 때의 예절, 양식 먹는 법, 관혼상제의
모든 절차와 대처법, 부의 봉투 쓰는 법까지 적혔다.

기억

당연히 집 안에서 환자를 돌보는 환경과 마음가짐에 대한 지침도 나와 있었다. 그 책을 한 번도 아니고 시시때때로 읽었다. 처음에는 호기심으로 읽기 시작해서 차츰 필요해지니 자주 펼쳐보았다. 그래서 배운 여자답게 교양이 넘치게 반듯한 정신과 몸가짐을 갖추고 싶었다.

　대충 모른 척하며 지나쳐도 될 것을 그 모든 앎이 나를 얽매었다는 것을 이제야 깨닫게 된다. 무조건 참으며 배운 사람의 도리를 다해야 한다는 미련함으로 버티었다.

　아픈 사람들을 상대하느라고 애만 썼지 그들이 왜, 어째서, 무엇 때문에 평생 아픔을 호소하는 심각한 병에 걸렸는가를 생각해 보지 않았다. 진작 그 원인부터 찾아보았더라면 이렇게 심신이 고달프지 않았을 것이다.

　큰골, 작은골로 배웠던 뇌의 작용을 알게 되니 아픔의 원인에 대해서 구체적으로 생각하게 되었다. 젊거나 늙거나 상관없이 환자가 되면 병을 치료하기 위해서 약을 먹는다. 그 약에 의지할 수밖에 없는 처지가 삶을 외롭고 고단하게 만들어 버린다.

　쉽게 가시지 않는 아픔으로 인하여 이미 기운이 빠진 환자는 더욱 두려워진다. 아무도 몰라주는 고통이 뇌로 전달된다. 혼자서는 병과 상대하기가 어려워진 환자가 다른 이의 관심을 더 끌 수 있도록 뇌는 아픔을 지속시키는 것이다.

드디어 사람이 계속 아픈 것은 뇌가 외롭기 때문이라는 결론에 이르렀다. 친구가 따로 없는 뇌가 외로움을 이기기 위해 통증에 즐겁게 작용하여 수시로 흥을 돋우나 보다.

그런데 이런저런 생각을 많이 해서인지 머리에 쿡쿡 쑤시는 통증이 일어난다. 외로워서 심술을 부리던 뇌가 부끄럽다며 이제 그만하라고 지시한다. (2015년)

씨앗 주머니를 간수하는 때

베란다에서 무성한 초록을 자랑하던 나팔 덩굴이다. 이제는 색이 바랜 잎들이 하나씩 힘을 잃고 떨어진다. 여름내 무성하던 식물의 줄기가 뼈마디처럼 드러난다.

한철의 소임을 다한 후 더 남루해지기 전에 걷어내 주는 것이 좋을 것이라는 생각이 들었다. 이제 걷어야지 하면서도 왠지 선 듯 행동으로 옮겨지지 않는다.

봄에 씨를 심어 싹이 돋았을 때의 반갑고 기뻤던 여운은 오래갔다. 가느다란 줄기가 왕성한 기세로 부지런히 덩굴을 올리는 동안 꽃을 기다렸다. 씨를 심을 때부터 꽃에 대한 기대가 먼저 부풀었다는 것이 정확하다.

8월이 되자 드디어 한두 송이 꽃이 피기 시작했다. 나팔꽃은 만개하여 천장까지 닿아 하늘 꽃밭처럼 만들어 주었다. 그 보랏빛 나팔꽃들의 자취가 아직도 눈에 선하여 이별이 아쉽기만 했다. 인생의 절정기를 아쉬워하며 그 영광된 순간들을 잊어버리기 싫어 계속 열변을 토하는 노병의 심정이 이와 같을까.

나팔꽃 덩굴에 주는 마지막 인사로 햇살이 좋은 날을 잡았다. 큰 보자기를 깔고 천장에서부터 지지하던 줄을 뜯어내어 걷어낸 가지를 뭉쳐 조심스레 담았다. 말라버린 잎과 가지를 털며 들어내자 밑에 검정 씨앗이 남는다.

어느 식물의 일생을 지켜봐 오면서 그 마지막을 대하니 불어오는 바람의 느낌마저 서늘하다. 잘 마무리하여 다시 내년에 피어날 꽃을 위해서 씨앗을 보관할 시점이라는 생각이 뚜렷해진다.

해마다 크게 다를 바 없는 생활을 계속하면서 매달마다 그달의 월령가를 읊듯이 달력을 넘겼다. 그리고 이제 한 해의 마지막으로 향하고 있다.

수십 년 함께 살아와서 서로의 속내를 훤히 꿰뚫고 있는 부부의 냉전처럼 조심스러운 때이다. 상대의 약점을 손바닥 들여다보듯 잘 아는 사이가 되어 서로를 대하는 감정이 헤퍼진다. 아무 말이나 막 던질 수도 있으며 은연중에 무시하는 행동도 나와 버릴 수도 있다. 씨가 여물든지 말든지 상관없이 꽃이 진 나팔꽃 덩굴을 아무렇게나 뭉쳐 쓰레기통에 넣거나 찬바람에 흔들릴 때까지 내버려 두는 짓이나 다름없다.

한 해를 마무리하기 전, 11월쯤은 넘어가기 높은 고개와 같다.

기억

더는 되돌아갈 여유가 없는 12월이 되기 전에 미리 차분히 정리하며 기다릴 때이다. 처마 밑에 씨앗 주머니를 달아놓고 다음 해를 기다리듯이 마지막 달이 오기 전에 버릴 것은 버리고 오래 간직해야 할 것은 다듬어 보관해야 한다.

인생의 계절에서 겨울이 되었다는 자각이 들자 어느 날 마무리도 못 한 채 사라질까 두렵다. 한 줄기씩 덩굴처럼 번져나가 이웃과 가족, 친구들에게 기대어 있던 마음의 가지들을 거둬들이기 시작해야 할 것이다.

무성하여 아름답던 추억이 앙상한 뼈마디처럼 남루해지기 전에 버리고 다독이고 지키는 일은 아름다운 노년을 맞이하는 숙제이다. 두 손이 시리기 전에 부지런히 씨앗 주머니를 마련하며 이 계절을 보내야 한다. (2016년)

사랑하는 이유

　책을 읽다가 막연히 궁금해하던 것들의 해답을 발견하면 그보
다 더 기쁠 수가 없다. 풍문으로 듣거나 어느 곳에서 한 구절 읽은
내용에 대해서 의문을 가지고 있다가 그것이 지루한 여름 장마가
끝이 나고 활짝 개는 하늘을 볼 때처럼 환하게 드러나면 갑자기 머
리가 맑아지는 것이다. 오래 묵은 의문일수록 그 해결의 기쁨은 배
가된다.

　'프라하의 봄'은 제2차 세계대전 후 소비에트 연방의 지배 아래
에 있던 체코슬로바키아에서 일어난 민주화 시기를 일컫는다. 그
때, 내가 사회인이 된 첫해이다. 모든 공적인 상황이나 행동에 대한
책임을 스스로 껴안아야 한다는 의무감에 어깨가 무거워져 있었
다. 알지도 못하는 먼 다른 나라의 일이었는데도 내가 직접 겪어내
야 할 것처럼 당시에 받은 충격은 대단했다.

　탱크를 앞세운 소련의 힘에 대항하지 못하는 체코의 국민을 생

기억

각하며 울분을 참지 못했다. 꼭 해결해야 하는데 전혀 방법이 없다는 것은 참을 수 없는 자존감의 상실이었다.

거대한 힘에 대항할 수 없는 나약한 존재를 의식할 수밖에 없었던 그 일은 내 삶에도 깊은 의미로 다가왔다. 소련을 밀어낼 힘이 없는 약소국가로서는 어찌할 수 없는 상황이다. 지배를 받는 체코 국민에 대한 연민은 마음과 정신에 깊이 박혀있었다.

어떤 사건에 대한 역사의 기록으로나 신문에서 읽는 보도성의 기사 말고 그 현장에서 겪어낸 사람들의 구체적이고 생생한 체험담이 늘 궁금했다. '광주의 봄'을 직접 겪은 그곳 사람에게 당시의 상황을 물어보았다. 그런데 이상하게도 하나같이 입을 꾹 다물고 머리를 흔들었다. 전혀 말하고 싶은 기색이 없었다. 시간이 지난 후 영화와 소설을 통해서 그곳에서 일어났던 현상을 보고 읽었다. 그렇게 그때의 상황을 객관적인 시선으로 알아볼 수 있지만 내가 원하는 것은 현장에서 체험한 사람의 생생한 증언인 것이다.

역사도 정사正史보다는 이면사裏面史가 더 흥미롭다. 사람들은 천재지변처럼 밀려온 기막힌 상황에서 어떤 대처를 하면서 살아내는 것인가. '프라하의 봄'과 '광주의 봄'이 서로 얽혀 체한 듯 가슴에 묻혀 있었는데 그 오랜 궁금증이 얼마 전 해결되었다.

독서 모임에서 읽게 된 체코 태생의 소설가이자 극작가 밀란 쿤

데라Milan Kundera, 1929~2023의 소설, 『참을 수 없는 존재의 가벼움』
은 체코의 '프라하의 봄'을 시대적 배경으로 했다.

소설의 제목대로 주인공들의 일생이 전혀 가볍지 않다. 참을 수
없을 만큼의 가벼운 존재로 조직 속에서 무시와 학대를 받게 되는
그들의 인생, 개개인의 존재는 결코 가벼운 것이 아니다. 인생을 고
행이라고 하지 않는가. 아무도 누구의 인생에 대해서 함부로 말할
수 없는 일이다.

반체제 소설을 썼다는 이유로 쿤데라는 1975년 체코에서 추방
되어 프랑스로 이주했으며, 체코 시민권을 박탈당했다. 그 사건 이
후 처절한 삶을 살아가는 주인공들이 이야기 속에서 다시 오래전
의 심각한 정서를 되살리게 되었다.

또 다른 책에서 가지고 있던 궁금증이 해결되었다. 연암 박지원
에 대한 자료를 모으다가 그를 파락호라고 지칭한 내용이 들어있
다는 유만주의 일기 『흠영』을 메모해 두었다. 유만주는 어떤 사람
이기에 어떤 기준으로, 왜 연암에 대해서 그런 표현을 했을까, 몹시
궁금했다.

도서관에서 『흠영』을 우리말로 번역해서 정리한 책, 『일기를 쓰
다』1·2권을 빌려왔다. 여기서 '정리'했다는 의미는 날짜의 기사별
로 실은 것이 아니라 내용별로 모았다는 뜻이다.

하나의 소제목 속에 여러 날짜의 일기가 수록되어 있다. 1권의

목차에서 「내가 사랑한 작가」를 읽었다. 그가 사랑한 작가는 다섯 사람인데 사마천, 전겸익, 김성탄, 박지원과 유몽인이다.

유만주는 「방경각외전」을 포함하여 연암의 글을 많이 읽었고, 연암에 관한 이야기를 여러 번 언급한다. 1784년 7월 6일 자 일기에서 파락호에 관한 내용이 있다.

"파락호라는 세 글자를 세상 사람들은 몹시 혐오함에도, 이분은 파락호가 되는 것을 달가이 여겨 사양하지 않았다."

연암이 삶의 덧없음을 깨달아 마음 가는 대로 생활의 유희를 즐겼기에 그가 파락호라는 말을 들어도 당연하다고 여겨진다. 연암은 먹고살아가는 일에 힘겨운 서민들을 향한 시선으로 과감하게 권위를 무시했다. 당시 연암의 앞선 정신은 뜬구름만 잡는 사대부들에게는 체코 땅에 밀고 들어온 소련의 탱크 수준이었을 것이다. 자유로운 정신을 향한 몽환에 빠진 연암을 유만주처럼 나도 사랑한다.

유만주는 내가 이해하지 못한 연암의 내면을 자세히 들여다보았다. 같은 공기를 호흡하는 동시대인이 아니면 불가능한 일이다. 그가 책으로 엮어 둔 일기를 읽는다는 것은 그 시대를 살아보지 못한 후세인으로 생생한 현장체험의 기회를 얻는 것이다.

책에서 사람을 알고, 책에서 더 많은 궁금증을 얻고, 다시 책에서 그 해결책을 찾아가며 천천히 걸어가는 나의 삶을 나도 사랑할 수밖에 없다. (2016년)

소통의 한계

작년(2015년) 네팔에서 강도 7.8의 지진이 발생했다. 먼 나라에서 일어난 천재지변이 전해지자 화면에서 보이는 상황들은 처참했다. 지각地角의 강도 높은 흔들림으로 집들은 파괴되고, 길이 끊어졌으며 사람이 살아가는 데 필요한 기본적인 질서가 순식간에 엉켜져 버렸다. 그 뉴스가 나오자 당시 다일공동체에서 봉사했던 작은아이는 선발대의 일원으로 당장 필요한 구호물품(긴급의약품, 식수정수제 등)을 챙겨 다음 날 새벽 두 사람의 일행과 함께 그곳을 향해 떠났다.

네팔 카트만두 트리부반 공항이 폐쇄되어 일단 가장 가까운 인도로 가서 그곳에서 대기하다가 네팔로 들어갈 방법을 찾는다고 했다. 다일재단 네팔 현지의 밥퍼(빵퍼)를 지원하고 더 나아가 그 나라가 처한 어려움을 돕게 되는 후발 지원군을 파견하기 전 현지 상황을 정확하게 전해 줄 정찰군의 역할을 담당하는 것이다.

다행히 작은아이가 떠난 다음 날 카트만두 공항이 열렸다는 소식을 뉴스로 들었다. 집을 나설 때부터 안부가 궁금했는데 무사히 도착했다고 사진을 보내왔다.

휴대전화 바꾸기를 참 잘했다. 새로운 기계에 적응이 되어 간단히 사진도 보낼 수 있을 때, 지진이 일어났고 그곳으로 간 아들과의 연락이 순조로운 것이다. 1950년대 전보만이 급한 소식을 전할 수 있었을 때, 감이 멀어서 잘 들리지 않는 송수화기를 붙잡고 소리치던 때의 일이 생각난다.

우주라는 형이상적形而上的 공간에 띄워진 인공위성의 보이지 않는 선으로도 세계 구석구석의 현상이 그대로 눈앞에 펼쳐지는 세상이다. 이런 천재지변을 대처해야 할 때 단번에 많은 친구와 메시지를 공유할 수 있는 온라인 인맥 서비스인 페이스북이나 트위터를 사용한다면 금상첨화다. 급한 소식이 순식간에 퍼져서 많은 사람이 같은 내용을 공유할 수 있는 기능이다.

오래전 주변인들이 그 신세계에 빠져서 새로운 친구들과 소통할 때, 저런 교류가 순조롭게 지속할 것인가란 염려로 추이를 지켜보자며 혼자만 느긋했다. 함께 어울리자고 손짓을 해도 모른 척했다. 일방적인 소통에 습관이 되어 저절로 교류가 넓어지는 새로운 공동체 결성에 소원해진 것이다. 늦었지만 이제 실시간으로 상대가 보낸 영상을 볼 수 있으니 소통의 대열에 한발 끼어들었다. 이론

적으로는 수긍하면서도 번잡하다고 멀리했던 문명의 방법을 작은 아이와의 소통을 위해서 편리하게 이용한다.

네팔에서 일어난 지진이 세계 사람들에게 급속도로 알려진 것도 현장에 있던 사람이 트위터를 통해 친구들에게 구원의 메시지를 보냈기 때문이다. 현장의 생생한 사진을 대하는 사람들에게 그 방법이 가장 절실한 구조요청이 될 수 있었을 것이다.

안타까운 시선들이 네팔로 향했다. 수많은 사람이 네팔을 돕기 위해 재난 현장으로 떠나거나 구호품을 모으고 처참한 상황이 담긴 지도를 전송하고 있는데 나는 지극히 단순해졌다. 생각을 지배하는 내용은 한 가지뿐이었다.

먹을 것이 부족한 사람들을 먹이러 간 아들 생각에 내 밥이 넘어가지 않는 것이다. 여진이 계속된다, 하니 위험하지는 않은지, 돌림병에 노출되지는 않을지. 그 염려를 알고 있는 듯 카톡! 울리면서 생수를 쌓아두는 사진이 날아오고, 카톡! 소리로 열어보면 줄을 선 낯선 아이들에게 먹을 것을 주는 모습이 있고, 후발대가 도착했는지 기계를 들고 소독하는 장면도 보인다.

사람에게 닥치는 재앙의 경로는 여러 가지이지만 이번 지진처럼 예고도 없이 갑자기 닥친 경우는 더 처참하다. 해일로 인한 방사능 누출, 홍수에 잠긴 집들, 산불이 삼켜버린 수많은 나무와 산골 마을, 특히 도시를 덮치는 지진은 수많은 생명을 빼앗아 간다.

기억

어려움을 당한 이웃의 처지를 피부에 와닿도록 빠르고 정확하게 알려주는 여러 수단이 있기에 함께 그 일을 이겨내려는 지구촌의 사람들은 '생명 보호'라는 하나의 진실로 연결될 수 있다.

작은아이는 연이어 현지로 떠난 후발대와 구조업무를 협력하다가 수염 덥수룩한 산적이 되어 평화로운 세상으로 돌아왔다.

아직도 복구되지 못한 지진의 잔재가 남아있는 네팔이다. 현지에서는 마을에서 마을까지 몇 시간씩 걸어서 사람을 찾아 이동한다. 그 멀리 있는 길이 어렵게 여겨지지 않는 것은 걸으면서 만나는 자연경관이 무척 아름답기 때문이라고 했다. 아름다운 자연을 재앙에서 보호하고 싶은 마음은 누구나 마찬가지이다.

네팔 현지로 간 사람들이나 사건을 바라보는 사람 모두가 처참해져 버린 현실을 통해 마음을 나누는 방법을 배우게 되었을 것이다. 혼자 해결할 수 없는 어려움을 당한 이웃의 처지를 헤아리는 사람들이 장하다. 그렇지만 벌떡 일어서서 움직이지는 않고 불행한 일을 겪는 이웃을 돕기 위한 어떤 방법이 있을지, 그저 생각만 많아진다. (2016년)

낯선 길에서

　버스 정거장에서 지나가는 버스를 쳐다보며 있다. 어떤 버스가
나를 목적지에 가장 빠른 길로 정확하게 데려다줄지를 가늠한다.
그렇지만 옆면에 쓰인 목적지를 다 읽지도 않았는데 버스는 매정
하게 떠나가 버리고, 운전기사의 얼굴을 바라보며 눈이 마주치기
를 기다리며 머뭇거리는데, 문이 닫혀버린다. 무수히 버스를 보내
면서 시간만 흘러간다.

　남양주 별내면 산골로 이사를 했을 때, 버스 노선은 단순했다.
수도권에서 서울로 진입하기 위해서는 한길로 뚫린 도로를 따라
앞으로만 향해 달리는 버스에 타기만 하면 되었다. 길은 한 곳으로
향해있어 버스는 무조건 동서울터미널 종점까지 달렸다. 다른 곳
으로 가는 버스도 있긴 했지만 그리 자주 이용할 노선은 아니었다.

　자가용처럼 익숙해진 버스는 내가 사는 곳과 활동하는 곳을 이
어주는 통로가 되었다. 십여 년을 그렇게 같은 번호의 차만 타고

다녔기에 길을 가다가 지나가는 그 버스만 보면 반갑다.

다시 서울로 주거지를 옮겨 길을 알지 못하는 동네에서 살게 되자 막막해졌다. 다른 곳으로 이동을 할 때, 수많은 갈래의 길을 따라 움직이는 노선의 번호를 외우느라 복잡해졌다.

전철을 이용할 때는 집 앞에서 마을버스를 타면 되었지만, 주변의 동네로의 이동은 최소한 거리를 움직이는 버스를 잘 타야 했다. 어느 날은 방향을 잘못 잡아서 반대쪽으로 가다가 되돌아와서 다시 출발하느라 약속 시각에서 한 시간 이상 늦어지기도 했다.

빠르게 지나가 버리는 버스로 심신이 지쳐가며 이런 지경에 놓이도록 버려둔 사람을 생각한다. 그는 낯선 길을 나서는 나를 데려다준다는 엄두를 내지 않았다. 언제나 혼자 찾아가라고 등을 떠밀었다. 하기는 그도 길을 모르는데, 가보지 않는 길을 가르쳐 준다는 것은 큰 용기가 필요한 일이다.

운전면허가 없어서 자가용을 이용하지 못하는 사람은 마음대로 자동차를 몰고 다니는 이웃들과 비교가 되면 언제나 주눅이 들었다. 가는 일만이 아니라 돌아오는 일에도 늘 망설임이 따랐다. 늦은 밤에 모임이 끝나면 다른 이들은 제각기 집으로 돌아가는 방법을 알아서 잘 갔다. 늘 혼자 낯선 길에서 어떻게 돌아갈지를 고민했다. 간단히 택시를 타면 빠르고 편하지만, 그는 항상 대중교통을 이용하라고 누누이 강조했다. 어두운 길을 잘 찾아 집으로 돌아오는 일이 버거웠다. 되도록 밤에 나서는 일을 삼갔다.

내가 가는 길을 일일이 간섭하던 그는 이렇게 나를 낯선 길에 세워두고도 아무 말이 없다. 우두커니 서서 쏜살같이 지나쳐 가는 버스를 맞고 떠나보내면서 먼 시골에서 상경한 사람처럼 어리둥절하다. 간섭하는 사람이 없으니 마음 놓고 아무 버스에나 올라타서 가고 싶은 곳으로 향해도 되는 것일까. 그가 원하는 길에서만 움직이다가 가끔 모르는 길로 접어들기도 했다. 새로운 길에 대한 호기심에 열심히 걷다가 되돌아오는 일은 진땀이 났다.

사람들에 묻혀 가노라면 각 사람의 성격만큼 많은 상황이 일어난다. 어떤 상황에서든지 재빨리 길을 잘 찾는 사람에게는 적응이 되지 않아 어색했다.

나란히 길을 걸어가는데 지나치게 빠른 걸음을 걷는 사람을 만나면 숨이 가빠졌다. 길 찾는 일에 몰두해서 혹시 마음이 다칠까 봐서 서로의 생각이 어긋나지 않도록 조심하느라고 주저하기도 한다.

어떤 때는 우연히 만난 낯선 사람이 전에 알던 사람과 연결되어 서먹하던 사이가 좁혀지며 공동의 관심사가 생기는 일도 있다. 또 어느 순간 익숙한 목표물이 발견되는 기쁨도 누릴 수 있다.

대중교통에 적응하며 평범한 소시민으로 지내왔다. 때로는 어색하지만 길가에 서서 바람을 맞으며 서 있는 일이 한편 즐겁기도 하다. 사소한 인간사에 잠겨있는 듯 편안하다. 버스 정류장에서 잠시 스치는 사람들이 전혀 낯설지 않게 느껴지는 것은 이동하려는 출발점이 같기 때문이다. 그런데 가야 할 곳으로 데려다줄 버스는 언제 올 것인지 마냥 기다린다. (2017년)

불러보고 싶은 이름

신문자료를 정리하는 중, 어느 기사에 눈이 간다. 2007년 조선일보에 실린 칼럼이다. 미국과 일본의 어느 단체가 6·25전쟁 때 납치되어 생사불명인 납북자들의 이름을 나흘 동안 워싱턴 백악관 앞에서 호명할 예정이라는 내용이다.

납북된 후 생사의 여부를 모르는 민간인 8만 3천여 명의 이름을 부른단다. 얼른 헤아려도 하루에 2만 명 이상의 이름을 불러야 하는데, 그 진행되는 방법이 궁금하다. 미국은 참전국이니 관련이 있다고 여기지만, 일본의 단체는 어째서 그런 행사를 주관하게 되었는지도 궁금해진다.

선생님께서 긴 출석부를 옆에 끼거나 손에 잡고 흔들며 교실로 들어오는 장면이 떠오른다. 시작종이 울리면 우리는 재빨리 자리에 앉아서 이름 불리기를 기다렸다. 한 사람씩 이름이 불리면 "네~" 대답을 했고, 그 일은 수업이 시작되기 전의 엄숙한 절차가 되었다. 반 전체 학생의 이름을 일일이 부르는 과정이 귀찮을 때가 있는지, 가끔 이름을 부르지 않고 출석부를 덮은 채 교탁에 내려 두었다.

사람에게는 꼭 부르고 싶은 그리운 이름이 있을 것이다. 부르면 높은 목청으로 씩씩하게 대답하는 호응도 때로는 번잡하게 여겨지는데, 전혀 반응이 없을 사람들의 이름을 부르다니! 전쟁의 와중에서 잊혀가는 사람의 이름을 불러 준다는 것은 어떤 의미가 있는지, 그들은 자신의 이름이 불린다는 것을 느낄까.

글을 쓴 사람은 그 일 외에도 떠나간 사람들의 이름을 기억하기 위한 여러 예를 들었다. 이스라엘 예루살렘에는 2차 세계대전에서 학살당한 유대인을 추모하기 위한 기념관을 세웠다. 많은 경비와 노력을 들여 약 320만 명의 신상정보를 데이터베이스화했다.

또 2005년 프랑스 파리에서는 아우슈비츠 수용소 광복 60주년을 기념해 '이름의 벽'을 세웠다. 프랑스에서 나치 수용소로 끌려간 유대인 7만 6천 명의 이름이 새겨진 대형 석조건물이라 한다.

이렇듯 나라마다 특별한 사건에 희생된 자들의 이름을 기록하여 기억하려는 것은 어떤 경우에서라도 고유의 이름을 지닌 존엄한 존재로 대접하겠다는 뜻일 것이다.

우리나라에도 용산에 있는 전쟁기념관에 가면 6·25전쟁으로 희생당한 수많은 사람의 이름을 새긴 벽이 있다. 그곳을 통과할 때, 무심히 벽을 따라 천천히 걸어갔는데, 높이 새겨진 이름들이 날아와서 가슴으로 들어와 박혔다. 점점 쌓여가는 이름의 무게로 전신이 무너져 내리는 듯 아픔이 번졌다. 그렇게 망자들의 이름을 보기만 해도 혼미했는데, 수만 명의 이름을 소리 내어 부르는 사람들의 정신에는 어떤 현상이 일어날까.

김소월은 시 「초혼招魂」에서 떠나가는 영혼을 큰 소리로 불렀다. 이름을 불러 저승으로 가는 혼을 붙잡아 오려는 그 과정을 시로 쓰면서 얼마나 간절했던지 '부르다가 내가 죽을 이름'이라고 했다. 죽은 사람이 사무치게 그리워서 따라 죽고 싶은 마음인지도 모른다.

초혼이라는 의식은 하늘이 좀 더 가까운 지붕으로 올라가 망자가 생전에 입던 옷을 흔들며 이름을 세 번 불러 그의 영혼이 돌아오도록 하는데, 소리쳐 불러도 죽은 사람이 다시 일어나지 않으면, 살아나지 않으면 드디어 죽음을 인정하게 된다. 형식적인 행위지만 차마 보내기 어려운 심정을 간곡하게 나타내는 것이다.

사물의 이름이 지니는 의미는 무엇인지 생각해본다. 창세기를 읽어보면 천지를 만드신 하나님이 아담에게 그 자연을 다스릴 수 있는 권리를 주신다. 부모가 자식을 낳아 이름을 지어주는데 하나님은 아담에게 그 자격을 주셨다. 인간에게 삼라만상의 모든 실체에 이름을 붙여 부르며 다스리게 하신 것이다.

사람에게 이름은 고유명사로 그의 존재를 나타낸다. 우리는 어울려 있는 사람들의 이름을 수없이 부른다. 부르고 또 부르면서 살아있음을 확인하는 것이다. 평생에 가족끼리는 얼마나 많은 부름으로 서로를 인식했을까. 「이름 없는 여인 되어」라는 시를 쓴 노천명은 왜, 자신의 존재를 숨기고 싶어 했을까. 그러나 시 속에 나오는 '이름 없는 여인'의 산골에서의 삶은 행복했다. 전쟁은 물론 반목이나 질투, 욕심이 없는 세상에서 지나가는 먼 기적소리를 들으며 살았다.

　가족이 아닌 사람이라면 관심이 없을 생사불명인 납북자들의 이름을 부른다고 한다. 그들은 자신의 이름을 불러 주기를 기다리고 있을 것인가. 얼마나 간절할지, 얼마나 큰 소리로 불러야 그들이 대답할까. 그 이름 부르는 행사를 먼발치에서라도 보고 싶다. 내 속에는 어떤 이름이 남아있어 그리움 넘치는 소리를 기다릴까.

(2017년)

봄날의 풍경화

몇 년 전부터 어릴 적 일들이 구체적으로 떠오르기 시작하여 머릿속을 어지럽혔다. 구체적으로 그려지는 생생함에 생각이 자꾸만 과거로 향한다. 사건들이 일어난 현장, 고향이라는 실체가 궁금하다. 궁금증이 커지자 기억에 의지하여 수필 한 편을 썼다. 그런데 더 많은 보고 싶음이 따라온다. 떠나온 지 수십 년이 지나 고향은 어떤 풍경을 이루고 있을까. 달려가서 확인하고 싶은 조바심이 생겼다. 회귀 본능은 사람의 저 깊음 속에서 잠재되어 있다가 어느 시점에서 자연스럽게 솟아오르는가 보다.

고향 가까이에 있는 동생네에서 한동안 머물게 되었다. 우리에게 일어났던 어릴 적 사건들이 화제가 되었다. 시점이 다른 동생의 기억과 내 기억이 엇갈린다. 공동의 기억이 있고 각기 간직하고 있는 추억이 있다. 현장으로 가보고 싶은 욕심이 생겼다.

기억

기차로 한 시간 반 남짓 걸리는 고향에 가는 것으로 의기투합했다. 읍내의 오일장에 가서 어슬렁거리고 싶어, 떠나는 날을 장날로 택해놓고 출발하기까지 오만 가지 설렘으로 보냈다.

기차에서 내리자 기억 속의 역사驛舍는 사라졌고 중앙선 복선 공사로 주변이 어수선하다. 철거를 기다리는 낡은 건물이 모인 역전 풍경은 그대로다. 낯익음이 더 사라지기 전에 사진으로 남겨야 한다는 강한 의지가 솟는다.

그렇게 종일 낯설기도 하고 친숙하기도 한 읍내를 돌아다니며 아직 남은 현장과 풍경을 휴대전화에 담았다. 흐릿하던 고향산천이 새로운 모습으로 저장된다. 이토록 끝없는 간절함을 이루는 고향은 내게 무엇일까.

다른 이들에게는 고향이 또 무엇일까. 허세욱 선생은 수필 「고향은 철조망 밖에서」에서 수십 년 전 신병 20연대의 면회 풍경을 "훈련소의 해는 뉘엿뉘엿 기우는데 내 고향은 철조망 밖에 우두커니 서 있었다."라고 그렸다.

아들을 면회 온 근엄하고 과묵하신 성품의 아버지, 아들의 뒷모습을 향해 우두커니 서 있는 아버지를 선생은 '고향'이라고 했다.

또 다른 수필 「움직이는 고향」에서는 말년에 비닐 가방 하나 들고 이리저리 거처를 옮기는 어머니를 움직이는 고향이라고 썼다.

이 내용을 더 심화시키는 수필이 있다. 임창순 선생은 2016년에 발간한 수필집『고향』자서를 "고향은 부모가 계신 곳이다. 윗대가 계시면 더 좋다. 나는 이런 고향이 그리워 36년 만에 고향으로 돌아왔다. 그리고 십 년을 버티면서 '고향'을 편집하였다."라고 시작했다.

두 선생에게 고향은 부모이다. 내게는 이십 년 전에 하늘로 가신 아버지가 고향이 되지 못한다. 살아계신 어머니는 전혀 낯선 곳에 머물러 있기에 더욱 고향이 될 수 없다. 내가 살았던 집을 바라보며 아버지에 대한 기억을 되살리고 싶었다.

아쉽게도 고향에는 초등학교 때 지었던 우리 집이 사라지고 없다. 바로 옆의 친구네 집도 없어졌다. 정말 이곳이 그곳이었던가 어리둥절할 정도이다. 시선을 돌리니 저 멀리에 어렴풋이 그려지는 풍경이 있다.

하루에 서너 번 서울과 부산을 향해 오르내리던 기차가 지나갈 때마다 남자아이들이 뛰어 들어가서 벽에 기대어 귀를 막고도 크게 울리는 기차 바퀴의 덜커덩거리는 소리를 듣던 굴다리다. 딱 한 번 나도 그 놀이를 해보았다. 머리가 기차 속으로 끌려가는 듯 무섭고 소름이 돋는 일이라서 다시는 시도하지 못했다.

굴다리 부근에 현수막과 공사 안내판이 어지럽다. 그래도 아직 옛 모습이 남아있어 반갑다. 철로 복선 공사로 어수선한 굴다리 밑을 통과해 본다. 양쪽 벽 시멘트가 우둘우둘 거칠다. 긴 세월이 흐르는 동안 내 속에 더러는 상처로 남은 고단한 삶의 흔적같이 낡은

기억

모습이다.

읍내의 서쪽 끝 집터에서 동쪽 끝의 교회로 향했다. 읍내 중앙을 흐르던 개천은 부분 복개되었다. 남북을 이어주던 다리들도 새로 단장되었다. 유다리가 있던 중심가를 지나 개천 옆에 읍내에 두 번째로 생겼던 목욕탕 건물이 나직하다. 그 부근이 가장 궁금했던 교회로 가던 골목길이다.

조심스레 발걸음을 옮겨 들어서는 좁은 길이 깨끗하다. 구부러진 골목의 기억이 선명하다. 양편의 집들과 담도 여전하다. 즐겁게 다니던 길이 예전 모습 그대로 남아있다는 사실은 큰 위로가 되었다. 이제 꿈속에서 길을 잃고 헤맬 일은 없을 것이다. 이 한 가지만으로도 고향을 방문한 목적을 이루었다는 생각이 들었다.

무엇을 확인하기 위해서 그리도 궁금했을까, 어째서 사무치도록 그립다 할 만큼 고향의 실체가 간절했는지… 초등학교와 중학교 교정을 살펴보면서 내 정신을 성장시켰던 실마리를 얻고 싶었는지도 모른다. 그런데 초등학교 운동장의 우람했던 은행나무는 가지가 무참히 잘린 채 빈약하다.

중학교에는 교문을 들어서면 무성하던 양편의 플라타너스 가로수가 없어졌다. 더구나 경쾌한 소리를 내며 흰색 공이 넘나들던 정구장에는 뜬금없이 빌라가 서 있다.

그 교정에서 일어났던 일들이 돋아나는 연두색 새순같이 아련하다. 점점 선명한 그림이 그려진다. 운동장을 가로질러 자전거를 탄 소녀가 활짝 웃으며 달려오고 있다. 아직 숙련되지 않았는가, 건들거리다가 저만큼에서 넘어진다. 추억 속의 풍경은 아직도 봄 향기를 품은 채 풋풋하다.

내 고향은 여전히 그 자리에 그대로 있다. 주체할 수 없던 궁금증을 풀어 주며, 뜬금없이 찾아오는 이들의 기억 속에 아늑한 풍경을 그려줄 것이다. (2021년)

수필가 주영준 선생

한국수필작가회 초대 회장이신 주영준 선생께서 하늘로 가신 지(2019년 3월 23일) 이 년이 넘었다. 슬픔이 아직 가시지 않은 채 다시 3월이 되었는데 작가회 창립 여덟 명의 발기인 중 한 분인 임창순 선생의 부음이 날아왔다. 황망하여 갈피를 잡지 못하다가 두 분을 추억하는 글을 쓰기로 했다.

퇴직 후 노모가 계신 고향 집에서 지냈던 임창순 선생의 마지막 수필집은 『고향』이다. 마침 고향을 주제로 청탁을 받아 그 원고 속에 임 선생에 관한 이야기를 조금 넣으며 슬픔을 접었다.

주영준 선생을 만난 것은 등단 후 한국수필가협회의 모임에서다. 1984년부터 2019년 돌아가실 때까지 긴 세월 동안 개인적으로 만나는 일이 많았다. 특히 감사한 것은 우리 양반의 긴 투병 중에 어려울 때마다 집으로 찾아오셔서서 위로해 주셨다.

어머니 연배의 선생님과 오랜 친분을 유지할 수 있었던 것은 나에 대해서 관대함을 가져주셨기 때문이다. 숨어 있는 고약한 성격까지 알아채고 그에 응하는 배려를 해주셨다. 기억이 흐려지던 마지막까지 내 이름을 기억해 주신 일은 정말 감사하다.

선생님의 수필 세계를 정리해드리고 싶다는 생각이 들었다. 그런데 정작 집 안에 선생의 책이 없다. 이웃에게 책을 나누어 줄 때, 따라가 버렸는가 보다. 몇 사람이 모여 있는 카톡방에 도움을 청했다.

정선휘 선생이 우편으로 보내준 수필집은 1997년 교음사에서 발간한 『나만 서 있는가』이다. 첫 번째 수필집 『대문 여는 소리』를 발간한 지 7년 만의 두 번째 수필집이라고 자서에 쓰셨다. 그리고 수필선집과 여러 권의 수필집이 발간되었다고 생각하는데 떠오르지 않는다. 나이 먹은 내 기억이 원망스럽다.

몇 년 전 일이다. 노원구로 이사를 하여 마을버스를 타고 도서관을 찾아가던 중 버스정류장 안내 방송에 귀에 익은 초등학교가 불렸다. 불현듯 떠오르는 기억, 이 학교가 그 학교로구나라고 인식하자 갑자기 낯선 동네가 친근해졌다. 선생께서 마지막으로 재직했던 온수초등학교를 만난 것이다.

선생께서 새로 생긴 그 학교의 교장 선생으로 부임하자 찾아갔고, 퇴임하시던 날에도 작가회에서 단체로 가서 인사를 드렸다. 사진 속 일행의 머리는 바람으로 엉클어져 있었다. 그때 임창순 선생도 함께했다. 일본어에 능통한 두 분은 그 나라 수필에 관한 이야기를 많이 하셨다.

1995년 《앞선문학》을 창간할 것이라며, 문학 잡지를 만드는 것이 당신의 소원이라 하셨다. 그런데 낯선 실무자 주간을 만나자 뭔지 모를 불안감이 생겼다. 예감이 틀리지 않아 몇 달 후 잡지는 그 주간에게 맥없이 넘어갔다. 선생께서는 경제적으로 큰 손해를 보셨다. 지하도 노점에서 만 원짜리 신발을 사 신으시던 절약 정신에 비추면 쓰라린 경험이었다.

선생께서는 정직하고 단정한 교사의 모습으로 문단을 대하셨다. 모든 사람을 당신의 도덕관으로 판단하여 사람에 대한 무조건의 신뢰가 가져온 결과였다. 그렇지만 내 개인에게는 중요한 시절이었다. 일주일에 서너 번 《앞선문학》 사무실로 출근하던 동안 인터뷰 기사를 작성하기 위해 강신재 소설가의 시작으로, 글로만 대하던 원로 문인들을 만날 수 있었다. 조병화 시인께는 창간 축하 시 원고를 받으러 찾아갔다. 실내에 꽉 찬 서가를 지나 시인이 앉으신 책상 앞으로 다가가자 환히 웃으며 반기던 얼굴이 기억난다.

'창간 특집 좌담회' 기사 작성도 많은 공부가 되었다. 「한국문학 半世紀(반세기)를 말한다」를 주제로 평론가 신동한 선생과 임헌영 선생, 부산의 정영자 선생을 모시고 이야기를 나누었다. 주 선생께서 준비했던 녹음기 작동이 되지 않아 진땀을 흘렸지만 긴 원고를 무사히 작성할 수 있었다.

선생께서 연세가 많아지자 집을 떠나 다른 거처를 찾으셨다. 선생을 만나기 위해 수원의 유당마을을 수시로 드나들었다. 그 길에 번갈아 동행해 준 작가회 여러분께 감사한다.

헤어질 때 항상 "언제 올래?" 물으셨다. 걷다가 돌아서고, 돌아서 손을 흔들며 이별을 했다. 시간이 갈수록 어머니처럼 다정했던 수필가 주영준 선생이 그립고 또 그리워진다. (2021년)

기억

작가 연보

1949. 경북 의성군 의성읍 후죽동 663번지에서 할아버지 류만수, 할
       머니 박을순. 아버지 류경순, 어머니 이복해의 팔 남매 중 둘째로
       출생
1962. 의성초등학교 졸업, 1965년 의성여자중학교 졸업
1968. 서울여자상업고등학교 졸업
1968~1972. ㈜남선물산 총무부 근무
2003. 한국방송통신대학교 국어국문학과 졸업

1984. 《한국수필》봄호 수필 「우물」로 추천완료
1985. 《현대시조》여름호 시조 「낮도깨비」로 추천완료
1987. 한국수필작가회 창립 발기인
       발기인 8인 수필집 『뿌리를 내리는 사람들』 교음사
1989. 한국문인협회, 한글문학회, 죽순시인구락부 입회
       한국수필작가회 총무(1990년까지)
1990. 기독교수필문학회(초대회장/이상보) 창립 사무국장 선임
1993. 수필집 『풀처럼 이슬처럼』(풀잎) 발간
1998. 한국수필가협회 이사,《한국수필》편집위원,
1999. 수필집 『움직이는 미술관』(선우미디어) 발간
       제18회 한국수필문학상/ 수상작품집 『움직이는 미술관』
2000. 국제펜한국본부 입회
       《수필과비평》5·6월호 류인혜 〈이 작가를 주목한다〉/ 고임순
2001. 일본 오사카 사꾸지(柵) 복간 15주년 기념행사에서 시 낭독

한국디지털도서관 회원 가입/ 온라인 문학서재 개설

2003. 한국수필작가회 제9대 회장

2004. 죽순문학회 60주년 기념 한일시화전 참여(오사카, 대구)

시집 『은총』(선우미디어) 발간

2004~2006. 노원사회복지관 평생교육원 〈문학반〉 강사

2005. 국제펜한국본부 문화정책위원회 위원 선임

농어촌여성문학인회 문경 하계심포지엄 초청강의

2005~2006. 월간 《문학저널》 기획연재 〈호주여행기〉 17회 연재

2006. 한국예술문화위원회 창작지원금 수혜

계간 《수필세계》 가을호 특집 〈우리 시대의 수필작가〉 류인혜

수필집 『순환』, 『나무 이야기』(선우미디어) 발간

2007. 제23회 펜문학상(수필 부문) / 수상작품집 『나무 이야기』

계간 《수필세계》 봄호 연재수필 〈류인혜의 나무 이야기〉 시작

《한국수필》 2월호 특집 〈화제의 작가〉 / 이명재

계간 《수필세계》 봄호 『나무이야기』 평설 / 이명재

(사)한국수필가협회 공영이사 / 협력부장(協力部長)

대한예수교장로회 명성교회 30년사 상임집필위원 선임

『류인혜의 책 읽기-아름다운 책』(북나비) 발간

(사)한국수필가협회 자문위원 위촉

2010. 한국여성문학인회 사무국장(2012년 3월까지)

현대문학포럼 정기세미나 초청강연 〈현대문학과 가족윤리〉

제1회 인산수필 신인대상 심사위원장(한국수필)

명성교회 30년사 『주님의 옷자락 잡고』 2권 〈편년사〉 집필

명성교회 30년사 자료집 백서시리즈

건축백서(6권) 및 자치기관백서(7권) 집필

2011.	한국문인협회 평생교육위원회 위원 선임
	제11회 수필의 날(강릉) 실무간사(2014년까지 봉사)
	구리문협 주최 초중고 백일장 심사위원
2012.	제78차 경주 국제PEN대회 참석
	한국여성문학인회 이사 선임
	죽순문학회 발간《한국의 문학비》편집위원
	경기도청소년종합예술제 문학부문 산문부 심사
2013.	양주 김삿갓전국문학대회 심사위원
	국제펜한국본부, 한국문인협회 이사 선임
2014.	제13회 연금수필문학상 심사위원(공무원연금공단)
	제14회 농어촌청소년문예대전 심사위원
	제3회 한국수필작가회 문학상 심사위원장
	수필선집『마당을 기억하며』(수필과비평사·좋은수필사) 발간
	제11회 한국문협작가상/ 수상작품집『마당을 기억하며』
2015.	서울 도봉구 〈도봉문화글판〉 문안 심의위원
	포천문예대학 수필 강의(4월 20, 22, 27일)
	평창문예대학 수필 강의(4월~11월)
	스크린도어 시 〈그림자〉 게시 / 명일역, 당고개역
	김영월 수필집『내 안의 하이드』서평 / 현대문학신문
2016.	염광교회 시니어스쿨 글짓기반 강사(3월~12월)
	제19회 공무원문예대전 수필 부문 심사위원(인사혁신처)
	제3회 국방 FM 군인·군인가족 생활수기 공모전 심사(국방홍보원)
	죽순 70주년 기념 한·일 세미나 참석 – 대구문학관
	김희선 수필집『잠깐!』서평 /《계간문예》여름호
2017.	제16회 병영문학상 수필 부문 심사위원(국방부)

2018. 계간 《문학시대》 연재수필 〈류인혜의 책읽기〉(24회 연재 중)
류인혜의 나무이야기 『나무에게 묻는 말』(수필세계사) 발간
서평 - 류인혜의 《나무에게 묻는 말》에 답하다 /임창순

2019. 수필의날 기념 수필릴레이 〈피천득과 오월〉로 참여
《수필세계》 가을호 연재수필 〈류인혜의 나무이야기〉
51회로 마감

2020. 한국예술인복지재단 창작지원금 수혜
동서문학상 산문부 심사위원

2021. 수필의날 기념 수필릴레이 〈매화향기를 찾아서〉로 참여
제20회 병영문학상 본선 산문부 심사위원
등대문학상 본선 산문부 심사위원(울산항만공사)

2022. 수필집 『수필이 보인다』(북나비) 발간
제9회 송헌수필문학상/ 수상작품집 『수필이 보인다』
제8회 한국문학인상/ 수상작품 수필 「몽상가의 일기」
제21회 병영문학상 본선 산문부 심사위원
제164회 월간문학신인작품상 수필 부문 심사위원

2023. 수필집 『나무를 읽는다』(북나비) 발간
수필의날 기념 수필릴레이 〈나무를 읽는다〉로 참여
제23회 수필의날 고창대회 참가(작은도서관-책이 있는 풍경)
수필 〈미래는 아름다운 책으로〉 (자료집 수록)
제62회 한국문학심포지엄(담양문화원 인문교육관) 참가

■ E-mail : innhea@hanmail.net